Lino García Morales

El Reino del Revés

© Lino García Morales, 2020
© Elio Rodríguez, por la imagen de portada (La jungla, colección Chris von Christierson),
http://www.machoenterprise.com/

Edición e impresión por BoD – Books on Demand
info@bod.com.es – www.bod.com.es
Impreso en Alemania – Printed in Germany

ISBN: 978-8-4132-6286-4

A Hugo, Héctor y Viki,

Vamos a ver cómo es el Reino del Revés

El Pirata

Había una vez un hombre que quería ser pirata así que desenterró un viejo mapa y nadó hacia donde se suponía que había un barco hundido con un tesoro, pero un tiburón le arrancó una pierna y le pusieron una pata de palo.

Tiempo después se agenció de un viejo mosquete. Lo limpió con tanto esmero que se disparó y le arrancó medio brazo; entonces le pusieron un garfio.

También se hizo con una espada y practicó con la mano que le quedaba. Una imprecisión le arrancó un ojo y le pusieron un parche.

Como caminaba mal, sujetaba mal y veía mal, perdió el equilibrio y calló por el acantilado de una isla desierta. Solo quedó su calavera.

Nada el pájaro y vuela el pez

Hildita, una vecina del otro lado de la urbanización, me avisó. Pura casualidad. Mamá no llevaba encima nada que la identificara pero, justo cuando la guagua la embistió y la lanzó más allá de treinta metros, un vecino la reconoció, llamó a su casa desde una cabina y dio la noticia para que me avisaran. Ni siquiera sabía mi nombre; solo que era... la rubia. Las malas noticias vuelan, corren, nadan, se arrastran, son imparables, infranqueables. Es imposible evitarlas, son la realidad. «Ojalá te mueras». «Ojalá te parta un rayo». Mil veces la maldije. Mil veces despotriqué como una energúmena. Era mi forma de decir: eres incómoda, no quiero que formes parte de mi vida, quiero que te largues, que me dejes vivir en paz, que no te entrometas, ni me atormentes. Pero no sabía decirlo de otra forma. Todos mis gritos supuraban odio. La necedad es insaciable. Todo aderezado de oprobio. La estupidez es infinita. Me irritaba tanto que cualquier insulto me sabía a poco. Ella simplemente callaba, para molestarme, para encender más, si cabe, mi ceguera. Sin embargo, cuando me dijeron: –Está muerta –sonó vacío, sin suficiente contundencia para ser verdad, como una metáfora de mal gusto tan hueca como el aire que no se ve pero que respiramos.

Mamá ha muerto. Ya no molestará más. ¿Cómo será mi vida ahora? Lloré tanto que supongo que a cualquiera que me hubiera escuchado le costaría creer que lloraba por ella.

Sería más fácil pensar que lloraba porque ahora no sabría cómo seguir viviendo, a quien seguir maltratando. Tengo a mis hijos, tengo a un marido con el que seguro, la muy cabrona, habrá singado más de una vez. La muy puta. La mosquita muerta. ¿Por qué no me alegro entonces?

Tuve que llamar a más de seis o siete hospitales para dar con ella. Mi marido me llevó en el carro. No quiso verla. Tuve que reconocerla yo. No pude evitarlo. –Si, es ella –asentí a pesar de estar irreconocible. No se murió al momento. Duró dos largos días en el que parecía que no abandonaba la guerra tan fácil. Era dura. Pero, cuando salió del peligro, cuando por fin parecía volver de una vez y por todas, abandonó. Nos dejó a todos con el apuro de contárselo a los niños, de enterrarla, de olvidarla, de seguir sin ella.

Cuando regresé el fin de semana noté todo, algo cambiado. Todo estaba en su lugar, pero nada era lo mismo. Mi madre no estaba, había mucha gente entrando y saliendo, mi tío preparándonos la comida. Mi padre me pidió que le acompañara a hacer una gestión con el carro. ¿Acompañarle a hacer una gestión con el carro recién llegado de la beca, muerto de cansancio? Algo tenía que decirme, eso estaba claro, así que dejé el bulto y le seguí sin chistar. Dio un rodeo estúpido y paró en una carretera desahuciada al borde del mar.

–Tu abuela tuvo un accidente –me dijo–. Pero no te preocupes, ella es dura, ya verás como se pone bien.

Pero cuando alguien dice: *No te preocupes*, en realidad quiere decir: *Esto es muy preocupante*; así que, aunque no dije nada, pensé en que no me acordaba de cuál había sido nuestra última conversación el domingo, antes de irme a la beca. Sé que era algo que tenía que ver con el uniforme, pero no recordaba qué. Ella quería una cosa y yo otra pero, por mucho que me estrujaba las neuronas, en ese momento no conseguía acordarme de ninguna de las dos cosas.

Sé que yo quería que quitara el almidón de la camisa del uniforme, pero no recuerdo en qué era imposible ponernos de acuerdo exactamente. Me pareció patético que este fuese mi último recuerdo suyo: un estúpido desacuerdo sin sustancia; o al menos eso parecía después, cuando sabía que su cuerpo se debatía entre la vida y la muerte en una unidad de cuidados intensivos de un hospital de la Habana.

–¿Puedo ver a la abuela? –pregunté.

–No –me respondió–. En su situación no es recomendable. Está inconsciente y con las constantes vitales muy bajas. Está jodida, muy jodida, pero seguro que la abuela sale de esto, ya verás –¿cómo si entrar o salir de "esto" fuera alguna opción? ¿Qué se puede hacer en contra de lo que no depende tu voluntad?

–¿Qué tipo de accidente fue? ¿Qué le pasó concretamente?

–Una guagua –me dijo–, tu abuela cruzó la calle sin mirar y una 65 le atropelló.

–¿La aplastó?

–No, no, no fue eso; parece que el chofer no la vio y le dio un golpe.

–¿Un golpe?

–Si, le pegó con fuerza, el impacto la lanzó unos 20 metros –no dijo nada más pero en cualquier física elemental es fácil calcular que para que eso suceda la guagua tendría que ir con cierta velocidad y que las probabilidades de sobrevivir de la abuela eran muy escasas; aunque cuando ambas variables compartieran fórmulas diferentes.

Con la abuela muerta era muy probable que se acabaran las broncas, los gritos, el infierno al que no quería regresar todos los santos fines de semana. Era posible que me dieran su cuarto y podría leer sin que nadie me molestara, podría ser un refugio donde salvarme, pero no quería que la abuela muriera. No. Solo algo podría ser peor que muriese: que quedara en coma o paralítica. Entonces el castigo se multiplicaría por 1000, por 10 000, por infinito.

Me eché a llorar y mi padre me pasó el brazo por encima del hombro… y lloró conmigo. Entonces lo supe. Si la abuela no había muerto ya, le faltaba muy poco.

Algún allegado del 265, su madre quizá, debió llamar por la noche porque, nada más llegar, me esperaban en la dirección para darme la noticia. Debíamos transmitirle a 265 que su abuela había fallecido en el hospital a causa del accidente de tráfico. Lo consulté con el segundo entrenador y a los dos nos pareció que la mejor forma de apoyarlo, en esos momentos tan malos, era acompañarlo a la funeraria. Así que les pedimos a todos los chicos que, en lugar de ponerse la trusa para ir a la piscina, se vistieran con el uniforme. –Hoy tenemos otra misión –fue la orden que les dimos. 265 no preguntó nada así que lo puso mucho más fácil. Él era muy inteligente así que "a pocas palabras buen entendedor". No era tan difícil imaginarse el objetivo de esta misión.

Nos subimos a la guagua y partimos para la funeraria. Todos iban bastante callados pero, teniendo en cuenta la hora, resultaba muy complicado distinguir si era porque ya 265 se lo había transmitido al grupo o porque tenían sueño. El viaje fue rápido e incómodo: estas cosas siempre son muy desagradables porque te ponen en el compromiso de hacerle pasar el peor momento a alguien que ya está bastante jodido. ¿Por qué no se lo dijo el director en persona? ¿Por qué me mandó a mí? Por ser el director ¿no? Menudo cabrón.

Cuando llegamos todos se quedaron sorprendidos. –Es aquí, arriba... abajo –le ordenamos. 265 no había dicho nada. Solamente había que verles las caras –¿Qué tenemos que hacer aquí maestro? –preguntó 220. –Vamos, pa' dentro: en silencio, calladitos y en fila india. Pa' dentro –fue lo único que me vino a la mente. 265 subió la escalinata como el resto. No sabía qué estaba pasando. Entonces vi a su madre. Estaba llorando como una descocida y cuando lo vio lo hizo todavía con más fuerza y él parece que entendió cuál era la misión.

–Hoy no vamos a la piscina. Vístanse de uniforme que tenemos otra misión que hacer –ordenó el cretino del entrenador–. Pensé en mi abuela. Lo miré, pero no me hizo caso. Estaba demasiado entretenido contándole un chiste a su ayudante y éste último no conseguía entenderlo. Eso me hizo descartar esa opción. Sino no estaría muerto de risa con el otro imbécil, digo yo. Ya una vez pasamos por esto. Muchos compañeros del equipo juvenil de sable, espada y florete volaron por los aires cuando regresaban del Campeonato Centroamericano de Esgrima en Venezuela vía Barbados. En esa ocasión "la misión" consistió en ir a la Plaza de la Revolución a oír el dilatado discurso de Fidel. Pero esa vez no hubo risitas, había pasado algo muy serio, estábamos muy indignados. Nadie entendió porqué ir a entrenar era "una misión" cuando no tenía ninguna connotación ideológica; pero nadie se lo cuestionó. Teníamos una misión que cumplir en la sociedad, todo era deber y cuestión de honor, así eran las cosas cuando del "hombre nuevo" se trataba. Parecíamos más militares que deportistas, parecía que competir fuese menos importante que ganar siempre.

El trayecto fue otra novedad. Alguna vez nos subíamos a la guagua para ir a alguna playa. No para disfrutar, sino para nadar a mar abierto. Alguna vez íbamos a la Ciudad Deportiva o al Parque Martí, cuando por ejemplo teníamos la piscina rota o querían hacerle alguna limpieza "gorda". Pero esta vez el trayecto era completamente imprevisible. El autobús siguió toda la Quinta Avenida de Miramar, luego continuó por Malecón y finalmente subió hasta Calzada para doblar nuevamente por K y detenerse en la funeraria Rivero. Incluso el hecho de que llegar a una funeraria no activó las pistas suficientes. No lo hizo hasta que vi a mi madre llorando desconsoladamente y ésta se abalanzó hacía mí y me apretó y no me soltaba mientras todos nos miraban con la boca abierta.

No lloré. Ni me acerqué al féretro. Mi padre me dijo que si quería podía hacerlo pero "era mejor que me quedara con la imagen que tenía de ella". Así que no lo hice. "La imagen que tenía de ella". ¿Qué imagen tenía de mi abuela? Solo podía imaginarla dándose gritos, histérica, con mi madre. Recriminándose de todo, el haberla parido, el haber nacido de su vientre. –Me largo –era su fase favorita de intento de cierre de bronca siempre; pero lo cierto es que no tenía adónde largarse. Volvía a la casa familiar en el Cerro donde aún vivían 4 de los 12 hermanos (2 hombres y 10 mujeres) y a las dos horas volvía después de pelearse todas con todos. Un viaje con retorno/sin retorno de una casa de los horrores a otra. Una de sus hermanas me pidió que la acompañara al féretro. No quise y me echó la bronca. Le insultó que no hubiera llorado y, mucho más, que me negara a verla. –Eres igual que tu madre –me dijo con pretensión de insultarme. Pensé que no había remedio, que su muerte no iba a cambiar las cosas en nada. Tendría mi habitación, nada más. Solo sería una pequeña reconfiguración de la locura. Me levanté del banco y salí andando. Mi madre seguía llorando sin consuelo. Mi padre no estaba por allí. Mis tías (tías-abuelas) conversaban en unos sillones al lado del féretro. Nadie me echó de menos. La puerta estaba abierta así que me metí en la guagua. El chófer estaba dormido y se asustó. –¿Ya? –me preguntó. Automáticamente todo el equipo regresó a sus puestos, incluido el idiota del entrenador y su huele-culo, la misión había concluido.

El Silencio

El cuerpo de la madre extenuado y frágil se precipitó contra el suelo cuando paró el corazón, pero sus ojos inmóviles siguieron vigilando al único testigo. Las erráticas conexiones neuronales del tullido trasmitieron ininterrumpidamente la imagen de la descomposición, el olor ácido y fétido de los fluidos corporales, el silencio imperturbable del exterior, las señales de hambre, sed, miedo, impotencia y de un silencio infinito, infranqueable, el de la muerte.

El hombre que vio a la estudiante con un telescopio

El hombre conducía por la autopista según la velocidad reglamentaria. Su mujer no le permitiría otra cosa; mucho menos con el pequeño en el coche. El viaje ha sido largo, está cansado y aburrido. No puede poner la música que quiere (mucho menos al volumen conque la escucha cuando está solo), apenas conversan y no solo por el niño que duerme sino porque, cada vez más, han perdido la costumbre. Cada cual va a lo suyo y él mira a las vías vacías. A unos cien metros puede ver un puente que cruza la carretera. Justo encima de su carril una estudiante, con un telescopio, mira en su dirección. Él se queda atontado. La falda corta se alza con el viento marcando unas formas y sombras ambiguas que le hacen suponer que no lleva bragas. A ella parece no importarle. –¿Qué miras? –le pregunta su mujer. –Nada –responde. –Parece que lo hicieras con un telescopio –afirma para que quede claro que de tonta no tiene nada, que le molesta su actitud. Él gira la cabeza a su ventanilla para hacer evidente que realmente no interesado en la chica del telescopio. Pero sabe que cuando pase justo debajo del puente si mira hacia arriba podría salir de dudas.

El tiempo transcurre en cámara lenta. Levanta la vista. Dos tiernas piernas se alzan encima de sus cabezas. Las formas y las sombras siguen su juego. Es imposible comprobar su hipótesis. No obstante siente una erección. Solo ha desviado la vista unos milisegundos, como el obturador de una cámara.

Está en una curva. Hay un carril de incorporación por donde avanza un camión gigante. Cuando devuelve la vista a la carretera lo tiene encima. Pega un volantazo. El coche patina. El niño se despierta y llora. La mujer grita. Se sale de la carretera. Impacta contra un muro de hormigón armado. Solo él sale ileso.

Nadie baila con los pies

Elsa sale al portal desesperada, temblando, vulnerable. Simón yace en la escalera. El Alzheimer los ha desvalijado. Simón es una masa amorfa inamovible y Elsa... una leve viruta de carne y hueso. La memoria enterró sus vidas, los desterró en la desesperanza y en el peor de todos los vacíos: la soledad. Sus hijos se fueron. Ya no vuelven ni por Navidad. Como padres llevan muertos ya unos años. Elsa lo intuye, pero no lo sabe. No quiere saberlo. Solo tienen sus propias cargas y una vejez precipitada, sin futuro. Elsa aguanta por inercia. Algo en su interior evita con obstinación que se apague; que ahogue a Simón y se tome el frasco entero de pastillas; algo sádico y terco. Simón no sabe quien le molesta y arrea cuando puede a la impertinente.

Elsa llora desconsoladamente a pesar de que no se le oye desde el portal del edificio. Una familia sube calle arriba camino del rastro.

–Por favor, por favor, necesito ayuda –dice y se seca las lágrimas secas en la que una vez fue una cara tersa y luminosa–. Por favor.

–¿Qué le pasa señora? –pregunta Mariano apartándose de Isidora, su mujer, y Dolores, la pequeña de cuatro añitos.

–Mi marido, se ha caído en la escalera y yo no puedo con él.

–No se preocupe señora. Deje que le ayude.

—Gracias, muchas gracias —dice mientras se sumergen en el pasillo penumbroso y húmedo sin que Elsa deje de lloriquear.

Simón está en medio de la escalera entre la primera y la segunda planta. Le sangra la barbilla y la mano. Mira a ninguna parte con los ojos bien abiertos. Mariano le coge por los sobacos y tira con fuerza hacia arriba. Huele a colonia rancia. Pesa una barbaridad. Es una gelatina obesa, enorme. Elsa sigue llorando sin perder de vista cada movimiento. «¿Es que aquí no vive nadie?» piensa Mariano. Con tanto jaleo no se abre ni una sola puerta. Todo lo demás permanece en silencio. Después de un par de intentos consigue arrastrarlo hasta la segunda planta.

—Es ahí —le indica Elsa. Por fortuna solo son unos cuantos escalones. «¿Cómo puede esta mujer subir esta mala bestia hasta aquí?» se pregunta Mariano—. Déjelo ahí, por favor… en esa butaca verde.

Mariano suelta a Simón que respira agitado con los ojos bien abiertos. Parece nervioso. Elsa se sienta en una silla de madera pequeña a su lado.

—Muchas gracias señor. Muchas gracias. Pesa tanto que ya no puedo con él y a veces…

Elsa sigue hablando. No puede parar de llorar. La casa que hasta entonces parecía desenfocada, en un segundo plano, se presenta ante Mariano. Es antigua, probablemente de renta antigua, muy grande y lujosa. Hay lienzos enormes de señores y señoras en poses que desafían a las vetustas paredes. Lámparas de lágrimas de cristal, porcelana fina. Retratos de familia. Una foto de Franco con un cruzeiro de plata miniatura reconvertido por algún orfebre en candelabro. «¡Joder!». Mariano nunca ha visto nada parecido. Isidora tiene visones, pero en toda su casa solo adorna una lámina pequeña de Cristo resucitado en medio del salón. Apenas lleva un par de semanas en el negocio del cobre y la ropa de uso… no es un negocio boyante.

A su lado una escultura mediana, del tamaño del estuche de colores de Dolores, representa en oro macizo a unos bailarines que parecen flotar. Elsa se calla. Deja de llorar de golpe. Lo mira con la misma flema que Simón. Son apenas unos segundos que flotan en la estancia como un vida entera. Intuye lo que puede pasar. Lo sabe. Lo desea, pero le teme. La puerta está abierta aunque afuera nada se inmuta. Ni siquiera corre el aire. Mariano levanta la estatuilla y la clava en la cabeza de Elsa. Parece que Simón le mira, pero es imposible saberlo. Los bailarines se hunden en el cráneo de Elsa y se elevan pringados de masa encefálica. Un pequeño tapete de ganchillo sirve de trapo de limpieza improvisado. La respiración de Simón se estabiliza. Elsa no se mueve. Mariano le cruza las manos encima de su regazo y baja a encontrarse con su familia.

Antes

Un segundo antes de que explotara el tren, consiguió completar la palabra SI en un crucigrama. Un minuto antes quedó con un colega en la puerta de la Facultad para devolverle unos apuntes. Media hora antes desayunó una tostada chamuscada y un café recalentado en su piso de Vallecas. Dos horas antes se despertó asustado justo antes de correrse. Catorce meses antes cumplió veinte años. Dos años y medio antes vio en la televisión mientras comía la caída de las torres gemelas y se sintió incómodamente feliz de vivir en Madrid. Antes, no sabía qué era AL-QAEDA.

Dos y dos son tres

La playa es enorme; aproximadamente unos ocho kilómetros de arena y mar para hacer nudismo. Todo un lujo. Pedra y Miguel quieren hacer esto desde hacía mucho tiempo, es probable que desde siempre, pero no se atrevieron a insinuarlo hasta casi dos años después de una boda y casi seis años de noviazgo –no fuera dar lugar a un malentendido–, y tampoco llegaron a hablarlo con claridad hasta que Matilde, la hermana de Pedra que vive en A Coruña, de paso por Madrid, comentó con desenfado –a colación de las bondades de las playas gallegas– que siempre se bañaba en bolas. Nadie dijo nada, pero ese pequeño incidente dio pie a una nueva insinuación de Miguel y a una plena aceptación de Pedra. –Tenemos que hacerlo Miguel –dijo–, aunque sea por probar. Y aquí están los dos en Corrubedo felizmente, como vinieron al mundo, disfrutando de aquella maravilla.

El tiempo no es agradable, pero en las fechas que son no se distingue alma viva hasta donde alcanza la vista. Allá, muy al final, apenas se distingue un punto que se mueve cerca de un pequeño peñasco enterrado en la orilla. Van en silencio, quizá preguntándose por qué no habían hecho esto antes. El punto poco a poco se convierte en dos personas. Miguel propone regresar, pero Pedra se niega.

¿Qué probabilidad podría tener que cualquiera de los dos conociese a una de esas dos personas a más de quinientos kilómetros de casa, en medio de una playa desierta, un día de trabajo fuera de temporada?

Es una pareja, la mujer lleva la parte de debajo de un bikini, el hombre parece llevar un bañador de cuerpo entero pero no, son pelos. A Pedra hasta le parece una falta de respeto a la naturaleza presentarse así, vestida, en una playa nudista; sin saber que por donde camina no es exactamente un playa nudista, sino más bien una playa donde cada cual puede ir como le venga en gana. El hombre es calvo, peludo y calvo, cuanto más se acercan más atención le presta Miguel.

–¡Miguel! –le advierte Pedra.

–¡Joder! –exclama él sin mirarla. Pedra se vuelve hacia él buscando respuestas pero ya es demasiado tarde.

–¡Hombre Octavio! –saluda nervioso Miguel–. ¡Qué pequeño es el mundo! –dice dirigiéndose al oso.

–Hola Miguel –reacciona Octavio. En una situación así es imposible hacerse el sueco.

Pedra no halla donde meterse pero lo cierto es que no hay donde meterse. Es imposible escapar. Lo único que puede hacer era dar la cara, sacar pecho, aunque sea literalmente. Todos se miran, se miran sin que parezca que se miran. Las manos de Pedra no saben donde ir. Se cruza de brazos aplastándose un poco las tetas, parecen más flácidas de lo que en realidad son; los desliza "sin que se note" hasta meterlos por debajo las tetas pero siente que es como ponerlas en bandeja, insinuarlas. Los baja y las tetas caen con más ganas que la fuerza de gravedad. Amaga con arreglarse un poco el cabello despeinado por el viento. Las tetas suben. Finalmente deja las manos encima de sus anchas caderas. Así mejor. Hasta entonces no había sentido su desnudez tan desamparada.

Miguel sube los ojos a la altura de los de Octavio. La mujer del bikini le mira. Miguel lo sabe y evita el contacto visual.

–¡Mira que el mundo es pequeño! –ya lo ha dicho pero qué más puede decir. Octavio mira a Pedra, nadie los ha presentado, vuelve la vista a Miguel.

–Si, muy pequeño –dice bajando la cabeza–, mucho gusto… Octavio –se presenta tímidamente ante la inacción de Miguel. Solo de palabra, darle la mano en estas circunstancias es como tocar su intimidad.

–Ah… Pedra, soy la mujer de Miguel –reacciona Pedra alzando un poco los brazos como diciendo hubiera preferido que nos presentaran en otra circunstancia; en una cena y con algo más de ropa, por ejemplo. La otra mujer hace un imperceptible gesto de desconcierto, mira a Octavio, mira a Pedra, pero todos sonríen nerviosos y nadie, excepto Miguel, parece darse cuenta.

–Yo soy Ela –se presenta dándole la mano a Miguel–, la novia de Octavio. Y esta última frase, "la novia de Octavio", suena más contundente que "la mujer de Miguel". Miguel coge sin coger su mano y murmulla:

–Miguel –y a continuación Pedra estrecha su mano y se presenta por segunda vez. –Pedra, mucho gusto –y Ela responde hacia todos:

–El gusto es mío.

–Bueno, ya estamos todos presentados –dice Miguel como si eso aliviase algo la incomodidad de la situación–. ¡Qué casualidad! –y va a volver a decir otra vez lo del mundo es pequeño pero prefiere callarse. Después de unos segundos que parecen minutos Miguel se dirige a Octavio:

–Hace tiempo no te veía por la oficina… la verdad es que últimamente nos vemos poco ¿no?… ni siquiera sabía que tenías novia.

–Si, es verdad –contesta por educación Octavio, «es que esas cosas no se van contando por ahí colega, mucho menos a ti que apenas te conozco de nada y ni siquiera me caes bien», pero prefiere seguir siendo educado–. Hace que no nos vemos… –y las chicas los miran esperando que aquel embarazoso encuentro, de una probabilidad más baja que morirse de cáncer tres veces, no se dilate y mucho menos con gilipolleces de trabajo. Ela no quita la mirada de Miguel. Miguel no mira a nadie. Octavio mira a Ela y a Miguel de vez en cuando y Pedra les repasa a todos una y otra vez intentando leer sus almas.

Por fortuna sopla una racha un poco más fresca que las anteriores después de unos cinco minutos insoportables de muchas miradas y pocas palabras y Ela se decide a cerrar el encuentro.

—Octavio tengo frío —le susurra al oído para todos—, yo creo que debemos ir regresando.

Suena fatal, mal educada, pero es en realidad lo que todos esperan hacer y no se atreven y desean que haga otro y después de unas breves y torpes palabras de despedida cada pareja regresa por donde vino.

—¿Parece maja no? —pregunta Pedra a Miguel.

—¿Quién? ¿Ela?

—Claro, ¿quién va a ser?, ¿te parece maja el felpudo?

—Si, si, parece maja.

—¿La conocías?

—¿Yo? No. ¿De qué iba a conocerla?

—No se, a lo mejor de la oficina.

—No es de la oficina. En el banco no contratan gente así.

—¿Cómo así?

—No se, como Ela.

—¿Qué le pasa a Ela?

—A Ela no le pasa nada pero… esos melones, por ejemplo, ¿tú crees que son naturales?

—Por supuesto que no; pero acaso eso importa. Hoy en día cualquiera se inyecta botox, se infla las tetas, se hace una liposucción, se estira los pellejos —y mientras enumera su lista palpa diferentes áreas de su cuerpo pensando que quizá necesiten retoque.

—No es eso Petra, no solo es eso y esos labios…

–¡Ah! ¿te fijaste en sus labios también? Parece una hemorroide de colágeno, ¿no? Y aunque tú dices que no la conoces, ella sí parece conocerte a ti.

–¿A mi? ¿qué dices?

–Te miraba de una forma que no es de no conocer a alguien.

–No jodas Pedra.

–No jodo, ojalá jodiera y sabes qué, me cago en la hora que se nos ocurrió venir a una playa en pelotas.

–¿Te avergüenzas de mí? –pregunta Ela a Octavio.

–No, por qué me iba a avergonzar.

–Ni siquiera me ibas a presentar a tus amigos –pensó soltarle el rollo: ¿Amigos?, ¡qué coño amigos! Solo es un pringao que veo de Pascuas a San Juan pero prefirió no decir nada–. ¿Se habrán dado cuenta?

–¿De qué?

–¿De qué va a ser? ¿Que soy un tío?

–No eres un tío. Eres una mujer en el cuerpo de un tío. ¿Y de qué iba eso de soy Ela, la novia de Octavio? ¿Cuándo nos hicimos novios? ¿Esta semana o la semana pasada? Porque la anterior ni siquiera te conocía.

–¿Entonces qué, solo eres un bugarrón al que le gusta darme por el culo? Porque por mucho que me esconda la polla se nota, ¿sabes?

–¿A qué viene eso? ¿No te parece que te estás pasando tres pueblos? Relajémonos ¿quieres? –los dos resoplaron, cada uno clavó la vista en el carril invisible de arena que le llevaba de vuelta al coche y siguieron la marcha.

–¿De verdad que no eres amigo de Miguel? –preguntó Ela al final del camino.

–Claro que no. Ya has visto lo raro que es ese tío ¡Si hasta dicen que es del Opus!

–¿Del Opus Dei? ¿En pelotas por la playa? ¡Qué cabrón!

–Eso dicen, la verdad es que no tengo ni idea. ¿Y a ti qué más te da?

–Nada. No me da… nada.

Pedra y Miguel apenas hablaron hasta llegar al hotel. Ela y Octavio tampoco. Ni una palabra siquiera durante todo el largo viaje de vuelta hasta el hostal en Santiago. Octavio se tiró en la cama. Ela se fue al baño. Abrió el grifo de la ducha y cogió el teléfono. Buscó un vídeo deslizando sus largas uñas con torpeza por encima de la pantalla. Ahí está. Miguel le acaricia los melones, chupa los pequeños pezones con lujuria. Le pega cachetadas en las enormes nalgas de silicona. Repiten teatralmente los clichés de la más pura serie porno *B soft*. Ela sonríe, le chupa desde el pecho hasta la polla. Se la traga y mira a la cámara, la regurgita lentamente. Después un corte y un plano medio corto de acción. Ela está encima de Miguel. Solo se ve una polla entrando y saliendo entre dos nalgas enormes y otra tumbada en el estómago algo flácida que tiembla con los aspavientos. Ela llora mientras el agua caliente de la ducha corre por el caño.

Parking

Sonia sale de la Fundación Jiménez Díaz con prisa. Acaban de darle una buena noticia. No es SIDA. Tiene que pagar el tíquet del parking. No hay nadie. Solo Samuel sentado al lado de la máquina recaudadora con un vaso de plástico para recoger limosnas. No lo mira. Está demasiado sucio. Ni sabe que se llama Samuel. Ni le interesa. Solo le importa pagar cuanto antes y volver a casa. No sabe bien dónde meter el tíquet. Samuel le indica qué debe hacer y Sonia sigue sus instrucciones sin prestarle atención. –¡Joder! –exclama Sonia repentinamente mientras hurga en su billetera. Le faltan 20 céntimos. Tiene un billete de cinco pero debe pagar 1.50 y solo ha metido 1.30. Samuel le ofrece ayuda alzando tímidamente el vaso de plástico. –Me faltan 20 céntimos –dice Sonia mirándole por primera vez a la cara. Samuel saca una moneda de su vaso y se la alcanza. Sonia duda por un momento si aceptarla. Samuel hace un gesto con la cabeza; parece decirle "no hay problema, cógela". No hay muchas más monedas en el vaso, pero a Samuel no le importa. Sonia la acepta. –Gracias –le dice, la mete en la ranura, sale el tíquet, lo coge y se marcha como se va cualquiera que cree que no regresará jamás.

Un ladrón es vigilante
y otro es juez

Pablo, Lucas y Jorge estudiaron juntos Bellas Artes en Salamanca, compartieron piso en Salamanca y abandonaron sus respectivos pueblos para venirse, también juntos, a Madrid. Se conocieron allí, en la misma clase, pero fue en el tablón de anuncios donde la casualidad les unió. Se alquilaba un piso para tres y allí estaban ellos tres necesitados de compartir piso, cada uno de su madre y de su padre, y no se atrevieron a rechazar al resto y probaron y no les fue mal. Muchas veces pasó por sus cabezas el mismo pensamiento: ¡Qué suerte! Para los que piensan que la suerte no existe.

Lucas apenas aprendió a pintar, pero nunca le hizo falta. Era el auténtico sastre del emperador. Sabía tocar el punto cero del esnob, allí donde la nada no deja otra opción más que la plena aceptación, la veneración incluso. *No tiene por qué ser verdad lo que todo el mundo piensa que es verdad,* era su máxima. Así que se dedicó en cuerpo y alma a crear verdades para todo aquel dispuesto a creerlas y le funcionaba, sobre todo, en el mundo del arte. Consiguió salir de la facultad con uno de los mejores expedientes sin saber hacer la "o" con un canuto. El claustro de profesores apostó en pleno por una de las siguientes opciones: a) sería un artista conceptual, b) sería un gran curador y/o crítico, c) sería un magnífico profesor.

Iba desnudo, pero para sus palmeros era algo más que un dandi gurú y para el resto… bueno, el resto para Lucas solo era un amasijo de impotentes envidiosos; todos excepto sus compañeros de piso Lucas y Jorge. Estos dos no cabían ni en un saco, ni en el otro: eran sus amigos. La respuesta correcta fue la opción b).

Pablo era un buenazo al que le gustaba pintar pero carecía de "talento", adolecía de ese don natural que básicamente te permite expresarte en términos que otros no son capaces de conseguir, aunque sí son reconocidos por esos otros. Pablo sabía que quería pintar, lo hacía, sin descanso, pero su trabajo no deslumbraba a nadie. Se parecía mucho a esto y a lo otro. No emocionaba lo suficiente. No decía lo suficiente. No provocaba la reacción suficiente. Se quedaba corto respecto a cualquier expectativa ajena a las suyas. Técnicamente era correcto, pero insuficiente para alcanzar siquiera cualquier "oh", "uhm", "ah". Aprobó simplemente porque no podían suspenderle. Hacía lo que le habían enseñado, pero no entendió que el negocio del arte no consiste en hacer lo que te dicen que hagas sino más bien en todo lo contrario. El correcto Pablo podría exponer con suerte en alguna colectiva escasa o en alguna individual de bar o biblioteca *snob*, nada más. Así vaticinaban sus profesores cuando recibió el diploma. Pablo si acaso sería un magnífico profesor.

Jorge, sin embargo, no sabía que quería pintar. Sus pinturas eran de "oh", "uhm", "ah", "guao", "hostia"; una combinación mágica de lo que veías y de lo que imaginabas. Eran de esas irresistibles, imposibles de explicar, magnéticas. Cualquier crítico escribiría palabras, párrafos, capítulos y libros enteros sobre su magia. Estaría en cualquier exposición o catálogo importante. Le dedicarían los grandes espacios. Nació sin dudas para pintar. La universidad no le enseñó nada nuevo, solo a mostrar a los demás lo que de alguna manera sabía hacer.

Para el claustro no había duda: Jorge era uno de esos pocos que salta de generación en generación a los anales del arte. Pero ellos desconocían su secreto. Jorge copiaba.

Jorge no sabía "qué" quería pintar. Al menos eso pensaba él. Creía que no tenía talento porque no era capaz de pintar sin tener ese "qué" delante y no en su cabeza. Eso le torturaba. Veía como Lucas fantaseaba y especulaba con cualquier idea feliz y era alabado y premiado por todos mientras él se sentía incapaz de elucubrar nada. Todo tenía que estar ya, de alguna manera, "hecho", "dado", "imaginado". Eso le llevó a creer poco a poco que en realidad no podría nunca llegar a ser un buen pintor. Un gran pintor debe pintar lo no hecho, lo no dado, lo no imaginado. Sino qué era entonces la creatividad. Al menos así pensaba Jorge. Nadie le había enseñado quién era Elaine Sturtevant y mucho menos su convicción de que toda la realidad es ahora virtual. Eso le hubiera salvado.

Cuando ya no tenían más nada que hacer en Salamanca decidieron alquilar un piso juntos en Madrid y buscar trabajo. Lucas empezó de becario en una galería, como ayudante del comisario de exposiciones. Al poco tiempo terminó en su cama, le hicieron fijo y comenzó a hacer sus incursiones en el mundo de la curaduría y la crítica; algo que se le daba especialmente bien. Pablo empezó a dar clases de dibujo en una academia mientras preparaba su primera exposición individual. No le iba mal; no ganaba mucho, pero gastaba poco. Los cuadros y el olor a óleo inundaron progresivamente el piso, pero a nadie parecía importarle. Jorge le echaba una mano siempre que se la pedía y, mientras, consiguió un trabajo de ilustrador de cuentos infantiles. La editorial estaba tan encantada con su trabajo que antes de gastar el "tiempo de prueba" le contrataron como director de arte y tuvo que supervisar, además, el trabajo de otros ilustradores. En casa siguió pintando. Hizo un gran retrato a Pablo. Lucas inmediatamente le encargó el suyo que también fue satisfecho.

Pintó todo lo que había dentro de la casa en una impresionante colección de naturalezas muertas y todo lo que se veía desde sus ventanas en otra impresionante colección de paisajes. Todo iba más o menos bien. No se podían quejar. Habían conseguido lo que se proponían.

En menos de un año Lucas se fue a vivir a Alemania detrás de un artista sombrío y solitario. Pablo por fin consiguió su primera personal en un exclusivo bar-restaurante de Madrid y Jorge decidió un día tirar todos sus cuadros a la basura y regresar a su pueblo y seguir tele-trabajando para la editorial infantil.

Pasaron cuatro largos años hasta que Jorge, tomando el café de diario en su bar de diario, leyó en Babelia, la sección cultural del diario El País, una pequeña nota de prensa acerca de una especie de revelación tardía: *El rey de las pequeñas cosas*, llevaba por título, y entre un montón de elogios ininteligibles y frases confusas le pareció ver dos nombres que, de no ser por lo cerca que estaban en el párrafo, habría pasado por alto: Pablo y Lucas. No podía tratarse de otros, sin duda. Feria en Madrid. Galería alemana. Pablo artista. Lucas comisario. ¡Qué tíos! Terminó su café con tranquilidad y se fue de vuelta al trabajo en casa, contento de "haberlo dejado". Habían perdido el contacto pero conservaba sus emails y teléfonos. Llamó a los dos y ninguno contestó, ni devolvió, la llamada. Escribió un mensaje de felicitación por el acontecimiento y tampoco. El email de Lucas incluso rebotó vacío. Pensó que igual estaban demasiado liados atendiendo a la prensa y firmando autógrafos. Los lazos se habían cortado, pero no rotos. Quería felicitarlos y de cierta manera le agradaba que el destino les hubiese unido de nuevo. Tres días después la editorial le pidió que viajase a Madrid para un nuevo encargo. Así que, cosas del destino, podría ver con sus propios ojos lo que contaba aquel confuso mensaje periodístico.

«Qué suerte», pensó y también que quizá, con un poco más de estrella, podría verlos o contactar con ellos a través de la galería.

Su reunión en Madrid fue como siempre. Bien. Rápida, concisa y bien. Tenía cada vez más encargos y más responsabilidades; tantos y tantas que empezaba a preguntarse si un día iba a poder con todo, pero había una buena relación. La editorial confiaba en él. Él no tenía suficiente ambición para llevar a más "su carrera". Con eso era suficiente. Trabajaba mucho, sin renunciar a ese valioso y necesario tiempo para pensar, pasear, probar de vez en cuando alguna relación estable, desestimarla, sufrirla, olvidarla, tocar la guitarra y hacer, en definitiva, lo que le daba la gana. Si, como cantaba Lennon, *la vida es eso que pasa mientras estas ocupado en otros planes*, su vida simplemente fluía sin estar demasiado ocupado en nada y eso le agradaba. Todo iba bien.

En la galería no había mucha gente. En realidad, no había nadie. Era un día normal, de trabajo. Así que no esperaba más. Entró en el gran salón pintado de blanco y pudo ver un montón de cuadros pequeños alineados geométricamente. No hizo falta acercarse demasiado. Era su colección de naturalezas muertas. Los cuadros que tiró a la basura. Pensó que si hubiese elegido la colección de paisajes aquella habitación se habría convertido por un momento en la de Salamanca. Se acercó bien de cerca y pudo descubrir sobre sus pinceladas algún retoque nervioso aquí y allá y una firma ajena donde se suponía debía estar la suya. Era su exposición. *El rey de las pequeñas cosas* era él. ¿Quiénes eran entonces Pablo y Lucas? ¿Un ladrón vigilante y otro juez? Dio una vuelta rápida. No había nadie ni nada más que él. Él, en todas las paredes. Él, que no tenía razón. Él, rodeado de otros planes. Él, que no conocía a Sturtevant. Él, con su secreto inútil.

Los infieles

En la publicidad ponía: *¿Deseando ser infiel? pruebe el adulterio* y más abajo: *El primer sitio de citas dedicado a las personas casadas.* La verdad que acojonaba, pero estaba decidido.

Beltrán llevaba 25 años de plena fidelidad. ¡25 añitos!, uno después del otro, uno encima del otro. Antes de Mirta, en bachillerato, apenas había salido con un par de chicas de los cuales no recordaba ni la cara como para acordarse del resto. Así que de geografía femenina se podía decir con seguridad que apenas había salido del pueblo. Según Mirta, por su vida solo había pasado un solo hombre (sí, lo decía así, en pasado), Beltrán, así que, por la misma regla de tres, ni siquiera ha salido de casa. Tuvieron hijos pronto. Uno tras otro, con prisa. Ahora ambos van a la Universidad, pero sus padres de pueblo nada. Ni de pueblo, ni de casa. Hace por lo menos dos años. Mirta y Beltrán se han querido mucho, la han pasado bien y mal, han sido como hermanos para lo bueno y para lo malo, y no han sido capaces de cometer incesto. Quizá hasta que la muerte los separe. Ya no hay besos de bienvenidas y despedidas. Solo "hasta luegos" que más bien suenan como "hasta los huevos". Así habían sido sus vidas hasta ahora. En realidad bastante parecidas a la mayoría de la gente pero Álvaro le metió el dedo en los ojos. A él le pasaba lo mismo y descubrió la solución: el adulterio. Pobre Álvaro.

Para alguien sin práctica es casi imposible ser adúltero pero, según Álvaro, la página web te lo ponía fácil porque todo el que se conectaba quería lo mismo. El récord de Álvaro, después de dos años de pagar rigurosamente las tasas correspondientes sin comerse un rosco, era de dos experiencias. Pero él le insistió a Beltrán que valía la pena y le dio un consejo: *No te precipites. Deja que las cosas fluyan.* Así que un día Beltrán, después de haber entrado a esa web cien veces y dudarlo mil, dio el paso al frente y se inscribió.

Para Beltrán, Mirta era una esposa intachable. Se ocupaba de la casa, de los niños, de todo excepto de él en lo que a sexo se refiere. Nunca tenía ganas, nunca encontraba el momento oportuno, nunca estaba para "fiestas". Beltrán, acostumbrado a que ella tomara siempre la iniciativa, simplemente se resignó y de follar una vez a la semana, como todo cristiano apostólico y romano que se respete, pasó a follar una vez al mes, una vez al año y a no follar. Pero Mirta no. Mirta sí que follaba casi todos los días aunque no con Beltrán. Mirta se cuidaba, iba al gimnasio, conocía gente musculada, compartía su cama, mientras a Beltrán le fascinaban las aventuras de Álvaro. Era muy discreta, anónima, sabia. Quería a Beltrán, le parecía un buen hombre, un buen padre para sus hijos pero no un buen amante. Así que, para qué mezclar las cosas. El sexo y la amistad no combinan demasiado bien. Mirta era doble. Había una en casa y otra fuera de casa. Efectivamente antes de Beltrán había habido un solo hombre, que ella por momentos creyó "único", pero incluso más torpe, más bruto y además un desgraciado hijo de puta que la inició con una violación; borracho y violento. Le rompió el himen sin contemplaciones y mientras sangraba dolorida casi le raja el culo hasta correrse dentro. Después de aquello, que duró hasta que por fortuna al hijo de puta lo reclutó el servicio militar, Mirta hasta temía al sexo. Conoció a Beltrán en la universidad y lo adoptó como a un peluche. Era un tipo que se hacía querer. Así que, poco a poco, decidió darse una oportunidad.

Beltrán era obediente así que Mirta, sin prisas ni sorpresas, fue recuperando la confianza. Pero Beltrán, el hombre de su vida, no era el hombre de su coño. Una vez devuelto todo a su sitio, Mirta necesitó más, necesitó perder un poco el control y, aunque le costó reconocerlo y aceptarlo, necesitó que le dieran un poco de caña, que le hiciera perder el control.

Beltrán enviaba mensajes como un loco. Todas las infieles parecían morbosas y atrevidas, pero lo cierto era que nada de nada. Dejó que todo fluyera, como le aconsejó Álvaro, aunque en realidad era como único sabía hacer las cosas sin que nadie le enseñara pero nada de nada, hasta que un día una dulce Carla aceptó una cita a ciegas. Los chats son engañosos. Generan demasiadas expectativas y pocas satisfacciones porque las expectativas están siempre sobredimensionadas. Quedaron para comer en la Creme de la Creme, un restaurante afrancesado discreto recomendado en *La Gastronomía, El blog de los foodies* y demás nómadas gastronómicos de Madrid, como uno de los diez lugares en Madrid para ser infiel. Beltrán iba a llevar una corbata muy llamativa (vas a reconocerla, no te preocupes, le dejó claro) que le regalaron sus hijos en algún cumpleaños sobre una camisa negra (que le eligió Mirta para una boda). Ella llevaría unas gafas muy grandes y muy oscuras. Así quedaron.

Beltrán llegó al restaurante con suficiente antelación para disponerlo todo sin sobresaltos. Todas las mujeres que entraban parecían Carla. Todas le parecían más que aceptables. Muchas gafas, pero todas seguían de largo sin fijarse en su corbata. Le dieron ganas de mear así que, no sin antes buscar en la puerta por última vez varias veces a la misteriosa Carla, se metió en el servicio. Al salir vio como una mujer entraba quitándose las gafas: era Mirta. Se hubiera metido en el baño de nuevo, pero Mirta también buscaba desesperadamente a alguien y sus radares se habían cruzado.

–Así que eres tú –dijo Mirta sin alterarse, de perdidos al río, deslizando sus dedos por la corbata de Mickey Mouse de Beltrán–, vaya. ¡Qué sorpresa!

–¿Tú eres Carla? –preguntó decepcionado Beltrán.

–¿Tú qué crees?

Beltrán no sabía qué decir pero sabía que debía decir algo.

–¿Cómo has podido hacerme esto?

–¿Perdona?

Beltrán sabía que cualquier cosa que dijera solo podía ser estúpida. Él también era un infiel.

–¿Sabes que es la primera cita que tengo?

–Yo también –mintió Mirta y de repente sintió unos deseos irresistibles de follarse a su marido–, ¿qué te parece si nos dejamos de drama y nos lo tomamos como si fuéramos dos extraños que se ven por primera vez?

Beltrán lo pensó, era difícil imaginarlo, pero allí estaba ella que no parecía ella: irresistible y sexy. Empezó a imaginarlo, a soportarlo, a saborearlo. Mirta interrumpió sus elucubraciones con una directa.

–Te propongo una cosa –hizo una pausa–, qué tal si en vez de comer, alquilamos una habitación en el hotel más cercano y me follas como si fuera una puta.

–¡Qué dices Mirta!

–Recuerda que no soy Mirta, soy Carla. Tienes dos opciones. Si la respuesta es no, sabes que en un mes estaremos divorciados. Ninguno de los dos podrá con esto. Será doloroso. Si la respuesta es si, será nuestro secreto. En casa seguiré siendo Mirta y fuera de casa seré Carla para ti. Tú en casa seguirás siendo Beltrán, pero fuera debes ser otro ¿Qué tal Álvaro?

–¡¿Álvaro?!

–Me da igual: Álvaro, Gerónimo, Tomás, Judas. Elige el nombre que te de la gana pero no puede ser Beltrán.

Beltrán sintió cómo su polla se hinchaba y empinaba. Empezaba a desear abrir el vestido rojo de Carla, quitarle las bragas… Abrir no, desgarrar; quitar no, romper, destrozar. Empezaba a sentirse un animal atrapado.

–Muy bien Carla. Seré Damián. Te presento a Damián querida Carla. Te voy a adelantar lo que va a pasar en cuanto salgamos de aquí –Beltrán, Damián, no se reconocía. La súbita transformación le convertía en perro–. Vamos a ir a un hotel. Te desnudaré, te tiraré en la cama con el culo en pompa. Te meteré la lengua hasta los intestinos. Luego meteré mi polla en tu culo y mientras te de por el culo te haré una paja con una mano y con la otra pellizcaré tus pezones hasta que te corras como una zorra. Te inundaré hasta que te salga la leche por la boca y te follaré hasta que me supliques que pare porque tu coño y tu culo te arderán tanto que no querrás comer ni beber en una semana.

Carla tenía el coño húmedo, nervioso. «¡Al fin Damián! ¡Al fin te conozco!», pensó. Carla y Damián salieron del restaurante, ya volverían luego. Ahora tenían que ser infieles.

1530 chimpancés
que si miras no los ves

Osama apareció con Bubu por el albergue cayendo la noche. De no ser por sus proporciones, Bubu pasaría perfectamente por enana. Tampoco es que Osama fuese demasiado esbelto pero, a su lado, con toda su corpulencia, parecía que, de chocarse con ella, la lanzaría a un par de metros... mínimo. No iban de la mano, pero la forma en que se miraban no dejaba duda de sus pretensiones. Al menos para cualquiera que conociese medianamente bien a Osama. Así que, nada más avistarlos, el resto del equipo que pululaba por el albergue en esas horas muertas antes de la cena, se escondió en las habitaciones traseras. Era el protocolo. Una chica que viera a un montón de gente nada más llegar a aquel improvisado campamento jamás se bajaría el blúmer. De esta manera, sin embargo, la pareja podría fornicar sin prejuicios mientras el resto podría presenciar el acto a escondidas y luego matarse a pajas.

–Ves como no hay nadie –le dijo él mientras abría la puerta de la casa: una enorme mansión expropiada por la Revolución a "burgueses" huidos a los Estados Unidos a pocos meses del "triunfo" en el selecto barrio de Siboney.

Se quitaron la ropa sin demasiado preámbulo. Bubu se tendió boca arriba sobre una colchoneta mugrienta en el suelo y Osama sin más le hundió su miembro enorme aún desemperezándose de su prisión en el calzoncillo.

Debían de haber estado "apretando" porque todo estaba lo suficientemente lubricado y en pocos minutos ambos se vinieron. Luego Osama se retiró y se excusó: –Espera un momento que voy a mear… enseguida vuelvo –Todo estaba oscuro; al menos así lo creía Bubu sin saber que detrás de las ventanas del improvisado dormitorio habían más de veinte ojos sin esclerótica mirando. Apenas cinco minutos, otro cuerpo entró en la habitación y se metió, también sin demasiada presentación, en aquella profunda vagina para un ser tan pequeño. Los cuerpos nunca son iguales, tampoco aquella pértiga más delgada y dura. Bubu retrocedió repeliendo al intruso pero solo un segundo: –Como te muevas te parto la cara –la amenaza de una voz diferente, tan áspera, en comparación con la de Osama, la asustó; estiró las manos y comprobó que su ropa ya no estaba a su alcance: «se la llevó el muy cabrón», pensó, pero ante su indefensión concluyó que lo mejor era relajarse y pensar, tratar de pensar. Apenas sentía dolor, aunque no lloraba por eso, pero casi al unísono que aquel extraño expulsaba su chorro de semen tuvo un pequeño cosquilleo que aceptó con vergüenza.

–¿Dónde está mi ropa? –preguntó sin recibir respuesta–. Yo me quiero ir de aquí. ¡Abusadores! –empezó a gritar, pero un manotazo le cruzó la cara y otro rabo se metió en su intimidad y se sacudió hasta eyacular con torpeza. El cuarto tuvo el cuidado de limpiarle el coño con un trozo de tela antes de meterla. El sexto lo hizo por el culo. Ella siguió llorando en silencio mientras el dolor crecía: no solo el dolor físico que arde y quema localmente sino otro peor sordo, imperecedero, que consume todo el espacio-tiempo material o inmaterial.

El décimo titubeó unos segundos con un desacierto inusual. Bubu no podía verlo demasiado bien con tanta oscuridad pero este no abrió sus piernas como el resto y entró sin llamar, limpiando o no los restos del anterior con aquel trapo asqueroso.

Éste se acercó a su cara, pudo sentir un aliento cítrico que le paralizó, buscó su boca y la besó con ternura; con una suavidad indeseada que Bubu creyó injustificada, amanerada, inmerecida. Aquel beso inerte compartió el regusto de semen del octavo. No lo esperaba, ni entendía. Así lo hizo y luego siguió como el resto; sin notar que entonces Bubu decidió morir. El número doce dio la voz de alarma: –Caballero… ¡la enana se murió! –gritó. Las ventanas se abrieron y se juntó el equipo entero a su alrededor. Como cuando se reúnen en la pista para compartir un secreto estratégico alrededor del balón que todos han pateado.

–No, solo se ha desmayado… mira como respira –dijo el séptimo.

–Que no, que no respira. ¡A ver si ha muerto de verdad coño! –se alarmó el cuarto.

–¡Ay Dios mío! –clamó el noveno.

–¡Que no cunda el pánico! –gritó Osama con un cubo de agua en la mano y la ropa de Bubu en la otra–. A ver, quítense –ordenó y dejó caer un chorro en su cara. Bubu abrió los ojos, vio aquella multitud expectante con una luz desgarradora, agarró con fuerza su uniforme y salió corriendo fuera desnuda y lo hizo sin parar, sin mirar atrás, con una fuerza inimaginable, ante la mirada atónita de aquellos atletas.

Ramón

–¿Te has tirado un pedo?

–Sí pero no suena, no tiene pilas.

–No seas guarrano, y mucho menos en el metro hazme el favor…

–Mamaaá ¿por qué ese señor tiene un agujerito en la cara, no tiene dientes?

–¡Para ya! No se señala con el dedo ni se habla de los demás…

–Vaaale… Mamá, ésta señora me está tocando la cara …

–Solo está siendo amable contigo, ponte derecho hazme el favor.

–Hola precioso, ¿cómo te llamas? ¿el gato te comió la lengua? Ya sé… no tienes nombre.

–Mamaaá.

–Dile cómo te llamas.

–Ramón.

–¡Qué bonito!

–Ramón, güevón.

En un sueño

Me dormí mientras le masturbaba. Se durmió mientras se corría. Todo quedó en un sueño.

La zorra que lloró como una cerda y confundió una ballena con un culo

–Eres una puta zorra… asquerosa.

–Hijo d... –apenas pudo terminar la frase. Una patada experta, precisa, cruzó su cara y desencajó la mandíbula. Mana sangre de cualquier parte: de cada moratón, de la nariz, de las encías, de los dientes bailando. Siente que su cerebro es una esponja inundada que reblandece el cráneo y duele. Duele intermitentemente, al compás de un centelleo luminoso que ciega. Duele la costilla rota, el pulmón, el vientre, los brazos, el alma. Es tanto el dolor que Ángela se desploma inconsciente, abandonada, exhausta.

No lo sabe pero esa rendición, la renuncia masiva e involuntaria de su cuerpo, le traiciona y le salva. Peter anuda los cordones desatados durante el golpe. En los enganches metálicos de la bota puede ver restos de piel que aparta con las uñas. No puede salir de la habitación. El cuerpo de Ángela obstruye la puerta. Le propina un puntapié en el estómago, pero no se mueve. No reacciona. Camina por encima de sus piernas para alcanzar el picaporte. La tibia y el peroné crujen. Levanta su cabeza desenchufada tirando del pelo. Aún respira. Con la otra mano aparta los flecos pegajosos de la cara y le escupe.

Algo hace crack dentro de Ángela; en ese cuerpo inerte, ausente. Algo que trazará una línea en el tiempo, una señal de no retorno. Algo de lo que no podrá desprenderse jamás. El ruido sordo de la cabeza al chocar contra el suelo y el barrido que produce la puerta con su cuerpo es lo último que se oye en aquel habitáculo sordo y repugnante.

A ninguno le molestaba la suciedad del otro. Ella tenía un chocho un poco agrio y el culo apestoso a mierda. Él tenía una nata blanca y fétida entre la cabeza del rabo y el pellejo que la rodeaba. Ambos olían a grajo en las axilas, a ratas muertas en los pies y sudaban. Todo eso los excitaba.

El Rey de la Habana. Pedro Juan Gutiérrez

Ángela no conocía a Pedro Juan Gutiérrez. El primer libro que cayó en sus manos lo trajo Peter: *El Rey de la Habana*. Peter es cubano. Un balsero repatriado desde un campamento de Panamá que llegó a España con el rabo entre las piernas, con una mano a'lante y la otra atrás. Llegó a Madrid por azar, por la misma probabilidad que podría haber llegado a Lima o a Miami, con el mismo entusiasmo y fervor del que llega a alguna parte, a tierra firme; sin entender muy bien el todo, el contexto, la realidad; sin pasaporte; sin futuro.

Conoció a Ángela en una discoteca; donde alardeaba de su salsa y ligaba con el mismo entusiasmo y fervor; donde fardaba de su gracia y se tiraba a tías al límite: mujeres desahuciadas por machos ibéricos, locas porque alguna polla se asomara en su desaprovechada e inactiva vagina, seres con relojes biológicos sin cuerda. Ángela no era una de esas. No. Ángela follaba cuando quería, con quien quería y cómo quería. Era guapa, estaba buena y era libre. Todo eso junto. Para ella no se trataba de "forrar pepino", como solía referirse Peter al acto de meter y sacar. Fue a parar allí por una amiga que no la veía pasar desde quién sabe cuándo.

Pero fue ponerse a bailar con Peter y meterse a follar en el baño al inicio del segundo *track* con llanto de su amiga incluido. Peter le pegó su enorme polla inflada en su ingle y la pobre pensó que era suyo, que esa noche mojaba; sin embargo, Peter prefirió a Ángela. La sacó a bailar, no la soltó y a la segunda canción se fueron de la mano juntos al baño. No hacía falta ser un premio Nobel para saber lo que estaban haciendo. Hechizados, embrujados, poseídos como dos perros rabiosos en celo. No se separaron más en toda la noche. Puede que incluso volvieran al baño, pero eso la amiga nunca llegó a saberlo porque se retiró histérica y humillada en medio de la fiesta. Pero así fue y Peter terminó en la cama de Ángela follando una y otra vez como si estuvieran predestinados a ello y esa fuera la única oportunidad que tendrían en vida para consumarlo. Ángela no era ninguna novata puritana. Creía que había tenido de todo. Peter era un cabrón hijo de puta que sobrevivía en aquel tugurio follándose abuelas que ya no sabían, o quizá nunca supieran, lo que era correrse; metiéndola en cualquier máquina que devolviera dinero. Cada uno de los dos puso lo suyo y encontraron que la imaginación puede ser incalculable. Ángela experimentó sin prejuicios todo lo que Peter le ofreció e incluso le pidió más. Ella también tenía sus fantasías y no demasiados prejuicios; al menos eso creía y practicaba.

Peter solo trajo a casa de Ángela aquel libro de Pedro Juan que ella leyó casi de un tirón. Le sorprendió que tanta suciedad alimentara su lívido. Pero lo cierto era que cada guarrería, cada asquerosidad, cada roña, le ponía cachonda, muy cachonda. Quería experimentarlo y allí estaba él para satisfacerla. Podía meterle la mano entera si quería por el coño, podía mamarle las tetas mientras tanto, hundirle su enorme polla por el culo o descargarle chorros de leche en la cara, en el pelo, en las orejas. Podía hacerse mascarillas si quisiese. Peter no tenía fin. Estaba programado para satisfacerla, para dejarle el coño y el culo ardiente y seco, a punto de sangrar; para llevarla a la extenuación pero, más que eso, para ahogarla en el placer.

Ángela nunca se había corrido más de una vez en una noche. Ni siquiera se imaginaba que podía hacerlo mientras le rellenaban sus intestinos, con un dolor agudo, asfixiante, a la vez que le pajeaban con los dedos en el clítoris; le mordisqueaban los pezones y le resoplaban en el cuello. Los orgasmos se sucedieron sin límites, sin miseria, sin prisa, uno tras otro. Sin cronómetros, sin relojes, sin calendarios, sin alarmas. La orgía que empezó una vez y duraría hasta entonces.

Sin ducharse, con la regla, cuanto más guarra, más le ponía. Fue un secreto que no podía compartir con nadie más que con Peter: lo feliz que le hacía parecerse a la puta más cerda de cualquier cuento de Pedro Juan. La sin techo que se vendía por cualquier cosa, el travesti que soportaba estoicamente la humillación, la vieja que metía cualquier cosa en su vagina por un trago de ron. Todo eso junto y mucho más. Ángela era una guarra y lo sabía. Por muy limpia y refinada que se le viera siempre. La diferencia es que ahora era completamente consciente de ello y que, además, no se avergonzaba. Al contrario: le gustaba jugar a ser la puta de Peter, la sometida, la apuñalada. No se sentía mal porque cuando volvía a ser ella recuperaba su seguridad, su liderazgo y podía avasallar a quien quisiera. Ángela era mucha Ángela. La dura que transgredía los límites porque creía que era ella misma quien los establecía. Pero eso no duró siempre.

Peter siguió su rutina. Era un putón y Ángela una puta más, especial quizá, pero no suficiente. Al final se acostumbró: a satisfacerla, a someterla, a convivir con todo eso, a dormir en su cama; pero nunca la quiso, nunca sintió la ternura suficiente. Peter ya no era capaz de querer a nadie. Lo que sea que permita el amor a Peter se le desprogramó. Era un insensible capaz de dar rabo bajo demanda; fuera Ángela o no.

Ángela descubrió un lado oculto, durmiente, que sin Peter jamás hubiese visto la luz, pero del que no se sentía orgullosa. Un lado que prefería mantener en secreto, en la sombra.

Un lado siniestro que tenía algo de víctima y verdugo, de asesino y asesinado. Sin embargo, un lado al que no pudo resistirse, al que no quiso resistirse, del que disfrutó con miedo y expectación.

La primera vez que Peter pegó a Ángela fue en plena eyaculación. Los dos se corrían y el tortazo apareció como un plus del orgasmo. Con la repetición perdió la gracia. Llegaba sin venir a cuento, fuera de contexto. Peter tenía la mano suelta y la violencia siempre estaba al acecho. Un tipo duro que se endiablaba cuando le metían más de tres dedos por el culo, que hablaba lo mínimo y que soltaba el brazo a la primera. El problema empezó, al menos así lo vio Ángela, cuando todo eso abandonó la fantasía y pasó a ser parte de la cotidianidad. Entonces Ángela lloró como una cerda. Lloró sin parar, sucia, débil, insignificante.

Peter era celoso. Sin motivos, como cualquier inseguro, simple pero presto. A la primera husmeaba con suspicacia. Él podía ser infiel, estaba entrenado para ello, pero a él no: a él nadie se la jugaba. Eso era moral, no permitido, prohibido. Quien se atrevía debía pagar por su osadía. Y allí estaba él para satisfacerlo. Él zurraba. Él perdonaba. Él decidía. Ángela obedecía, acataba. Era la única manera de protegerlo, de preservarlo.

Ángela desconfiaba de sus excesos, pero en ellos satisfacía sus oscuras insatisfacciones; aquello que ni siquiera había imaginado antes como fuente de placer, como motivo de confesión, como algo sentible. Peter vivía en su mundo, donde él era el amo y señor y no era nadie, donde se perdía y no se encontraba, donde creía controlar los destinos de los demás y, a través de ellos, el suyo.

Peter se pasó muchas veces. Ángela nunca le denunció. Nunca lo dejó ni sacó de su vida. Le necesitaba con sus poca luces y sus oscuridades pero todo tiene un límite. Aquel día en que Ángela quedó inconsciente empezó la cuenta atrás de Peter. Ese día cruzó la línea roja.

Peter regresó un mes después; como si nada hubiera pasado. Ángela no le preguntó por qué había sido tan cruel, ni dónde había estado, ni nada de nada. Actuó como siempre. Como si resucitar fuese algo cotidiano, ordinario. Él entró en aquella pequeña habitación donde semanas atrás Ángela coqueteó con la muerte y se sentó frente a la tele a ver el clásico entre el Barza y el Real Madrid. Era la hora del derbi.

Ángela tampoco dijo ni media palabra. No preguntó, ni cuestionó en lo más mínimo, todo ese tiempo en que tuvo que ser hospitalizada y dada de alta sin nadie, excepto Fernanda, a su lado. Sin saber ni siquiera por qué. ¿Qué hizo? ¿Dónde pulsó el botón que activó la bestia? Ángela solo era consciente de que en su interior algo había hecho crack y que ese crack sordo, roto, había activado sus más bajos impulsos. Matar ya no era un verbo.

Salió a fumar al balcón. En cada intento de gol el vecindario entero rugía; como si en cada casa hubiese alguien a quien le fuera la vida en ello. Pero a pesar del paisaje sonoro Ángela podía detectar cada movimiento de Peter por los ruidos que llegaban del interior. Cada cambio de posición, cada viaje a la nevera por cerveza, cada resoplido, cada WhatsApp, cada eructo. En el intermedio llegó un indicio nuevo, pero que ella conocía mejor de lo que creía. El tintineo de la cucharilla y el grifo de agua. La secuencia siguió su curso religioso: el cierre seco del cofre diminuto que guarda la heroína, el chisporroteo del mechero, luego el flameo, el agua en ebullición, la síntesis de las moléculas de la heroína, la gota de ácido ascórbico, el desgarro del filtro de un cigarrillo para absorber la droga, la extracción de la jeringa, la penetración en la vena, la mezcla de la sangre con el compuesto nivelando la temperatura y por último el chute, la entrada triunfal al limbo, después el silencio.

Ángela esperó un rato, justo el tiempo necesario para que aquello le alcanzara el cerebro, se convirtiera en morfina y comenzara la fiesta. Peter cargaba el chute al máximo, al borde del peligro, como todo lo que hacía.

Mientras Peter erraba por ninguna parte Ángela tiró la colilla a la calle y entró. Ahora era su turno. Se puso los guantes de goma que compró casualmente apenas dos horas antes de que Peter llegara. Extrajo con mucho cuidado el émbolo de la jeringuilla sin retirarla. Peter la miró, al menos eso parecía.

–Hola cielo –le susurró Ángela–. Espera un segundo que voy a viajar contigo.

Peter torció una mueca de aprobación, de agrado, ajeno a aquellos guantes inéditos en el proceso. Ángela repitió toda la secuencia sorda. La hipersensibilidad la había abandonado. Todo fue pura rutina. Preparó una dosis idéntica a la anterior. La vertió con cuidado en la jeringuilla, colocó el émbolo de nuevo y murmuró:

–Hijo de puta –silabeó degustando cada fonema mientras le pinchaba. Peter no se movió y Ángela empujó suavemente, poco a poco, hasta el último mililitro–. Chao, chao.

Se asomó de nuevo al balcón, fumó otro cigarrillo y esperó a que comenzara el segundo tiempo del partido. El barrio entero parecía cómplice; cuando recuperó la banda sonora entró de nuevo. Olía fatal. Peter se había meado, un buen charco a su alrededor lo delataba y, a juzgar por el olor, también se había cagado. Ángela lo miró por última vez. Luego marcó el 112.

De nuevo se desvistieron. Y se miraron bien. Ya Rey tenía la picha a millón. Magda se paró sobre él, a horcajadas. Y Rey le mamó su bollo agrio, sucio, con olor a rayo. Le gustaba así, bien hediondo. Entonces ella se la mamó a él. Hicieron un sesenta y nueve. Hacía muchos días que no se bañaban. Eran dos puercos, deseándose como animales.

Después de enterrar a Peter, Ángela no se vistió de negro. Se fue a la calle Montera y buscó a la puta que le pareció menos exigente y abandonada: una mulata oscura con un culo enorme y tetas flácidas a la que seguramente le costaba lo suyo pactar una mamada.

–¿Cuánto cobras por una mamada?

–¿A quién? ¿A ti?

–Claro, ¿a quien va a ser?

–No, no, no, guapa. Tú no me has calculas. Una cosa es ser puta y otra tortillera. No, no, no, no, no, no.

–¿Sabes quién lo haría?

–¿Quién? –preguntó retóricamente mientras buscaba una candidata a su alrededor. Habían putas de todas partes. La montera es como el portal de la torre de Babel. De todas partes y de todas las edades. De todos los colores. De todos los tamaños. De todos los tipos.

–¡Esa! –dijo señalando con el dedo.

–Esa ¿cuál?

–Esa de ahí, la teñida de rubio.

Ángela buscó en la dirección en que apuntaba su dedo y pudo verla. Una chica muy joven, guapa, alta y, curiosamente, discretamente vestida.

–¿Esa?

–Sí, esa. Acaba de llegar y por lo que parece le da lo mismo carne que pesca'o.

–Gracias.

Fue hacia ella. Era muy joven y todo más que la otra: más negra, más culo enorme, más alta, más delgada, más joven. Tenía menos tetas pero más bien puestas y parecía ajena a todo cuanto acontecía a su alrededor.

–Hola –le entró Ángela.

–Hola –recibió por respuesta.

–Me han dicho que estarías dispuesta a hacerme una buena mamada, ¿es así?

–Todo depende.

–¿De qué?

–De cuánto me pagues.

–¿Cuánto me costaría?

–Treinta euros.

–¿Treinta euros? –se paró Ángela a reflexionar sin quitarle la vista de encima–. Te propongo una cosa mejor. Quiero que nos veamos en tres días. Aquí mismo. A esta misma hora. Pero no quiero que te laves en esos tres días. Te pagaré diez mamadas de treinta euros por esos tres días que estarás sin trabajar y cincuenta por la mía. ¿Te parece bien?

La chica hizo un ademán de pensarlo. Estuvo a punto de pedirle más, pero no lo hizo.

–¿No quieres que me lave en tres días?

–No.

–¿Y si me cae la regla? Estoy a punto.

–Mejor.

Tres días después Ángela y aquella chica se vieron en el mismo lugar a la misma hora. Intercambiaron un breve saludo y ella guio a Ángela hasta un edificio cercano. Tocó en una puerta grande verde muy oscura. Un hombre muy pequeñito le abrió. Ángela la siguió por un pasillo interior poco iluminado, subieron por unas escaleras interminables de madera hasta llegar a una habitación al fondo de otro largo pasillo. Aquel edificio parecía una cuartela pero era complicado definirlo. En esa zona, tan cerca de la Gran Vía, era difícil imaginar algo así, pero ahí estaba. En el cuarto había solo una cama mediana con una pequeña lamparita de noche al lado cubierta por un pañuelo rojo. Unas gruesas cortinas verdes tapaban lo que podía ser un balcón.

Para Ángela todo aquello era nuevo. Era la primera vez que contrataba los servicios de una prostituta. Era la primera vez que tendría una relación sexual lésbica. En una ocasión Peter se apareció con otra chica y, no satisfecho con follar con las dos, les pidió que se pajearan para él. Había bebido mucho y no solo no le importó, sino que incluso disfrutó de la pequeña orgía. Al final se corrió con un placer intenso y distinto mientras la visitante pedía a gritos que Peter le diera por el culo y la azotara.

Ángela puso el dinero encima de la mesilla. La puta contó billete a billete, todos de cincuenta euros, y luego los guardó en su pequeño bolso enrollándolos todo lo que pudo. Cuando hubo acabado empezó a quitarse la ropa.

–Estoy que no me resisto de la peste que tengo en el coño – dijo mientras se quitaba las bragas con una compresa teñida entre marrón y negro–. Tengo la regla sabes.

Ángela se le acercó, aspiró con fuerza y sintió un estremecimiento en todas partes: un látigo de deseo que encharcó sus coño y electrizó sus pezones. «Soy una guarra», le pasó por la cabeza. La puta la levantó, le abrió la blusa y la fue desnudando mientras le chupaba suavemente las tetas. Ángela se acostó en la cama y abrió las piernas. Estaba limpia, perfumada. Su coño rasurado olía a hierbas. La puta se colocó encima lamiéndola sin prisas desde el ombligo hasta el prepucio del clítoris mordiendo suavemente el glande y los labios. Ante los ojos de Ángela se abrieron unos labios rojos y largos con mocos blancos pegados a unos pelos gordos y negros que parecían escarpias y coágulos de sangre del tamaño de monedas de cinco céntimos. El ojo del culo era profundo, escarpado y oscuro. Un olor agrio, fétido, ácido, nauseabundo emanaba de aquel coño. Ángela esnifaba aquel hedor hediondo mientras veía como aquellos agujeros succionaban el vacío. Se dilataban y contraían como dos bocas amenazando con tragarla. Un pedo en ese momento hubiera sido más que un chorro de aire fresco. Ángela se corría y se volvía a correr sin tiempo para reponerse. –Méteme la mano por el culo, muérdeme –pedía. Y aquella mano experta entraba cónica en su hoyo rosa inundado buscando lubricación para pasarse al agujero del culo color leche condensada quemada. La puta era una profesional pero aquello era demasiado para ella. Sacó de su bolso un polla enorme de goma y empezó a pajearse. Se corrió bramando como un animal agonizante.

–¡Ya! ¡Basta!, basta ya. No puedo más –ordenó Ángela.

Ángela llevaba dos horas sin apartar la vista de Photoshop. Se quitó las gafas para frotarse sus miopes ojos y luego con suavidad, en una rutina que habrá ensayado miles de veces, limpió instintivamente en su regazo los cristales deshaciendo y repartiendo simultáneamente un rastro de mugre desde el centro a toda la periferia del vidrio mientras achinaba los ojos en dirección a la medio borrosa, medio cubista, medio andrógina Fernanda. Ella siguió a lo suyo. Aún le quedaban unos veinte imágenes por retocar y no quería irse muy tarde a casa. Fernanda es su socia. Un ser muy delgado con bigotes, pelo largo, uñas cuidadas in extremis y pintadas de negro azabache, vestido de estricto luto con cuello de encaje, sombrero Guerra y botas Rick Owens. No tiene pecho, no tiene culo, no tiene caderas pero es más femenina que Ángela. Ángela la mira. Es una buena persona: discreta, trabajadora, creativa. Le necesita. Mira a la enorme pantalla de su ordenador.

—Oye Fernanda, ¿eso es un culo? –pregunta.

Fernanda sonríe.

–¿Qué cosas tienes? ¿Cómo va a ser un culo? Ponte las gafas y mira bien, anda.

Ángela obedece pero nada cambia. Una masa enorme y negra, como las enormes nalgas de aquella prostituta, adornada con forúnculos, estrías y queloides interminables por desgarros de pezuña, pequeños tacos caseosos, y todo tipo de detalles escabrosos, emerge del agua. Y ahí está, el agujero negro supermasivo, galáctico; la puerta callosa custodiada por espinos negros, duros, afilados, que se extiende en una manguera rugosa en conexión directa con el infinito.

—Es una ballena Ángela, ¡una ballena!

El año que duró un mes

La discográfica me ha dado un adelanto para el nuevo disco que debe salir el próximo año por estas fechas. Son unos gilipollas chalados. Sí, gilipollas y chalados, las dos cosas. Pero ¿estos tíos no saben que hacer un disco no es coser y cantar? Claro que lo saben y le importa tres cojones. Lo que quieren es un éxito que parezca, solo que parezca, lo suficientemente decente pero que venda, que se meta en todas las cosas, que lo regalen en todos los cumpleaños, que se lo fumen, que se lo beban, que se lo metan por el culo si con eso consiguen más pelas.

¡Hacer un disco es la hostia! Para empezar hay que componer las canciones y yo soy un artista, no una máquina de escupir melodías como si fueran rositas de maíz. El año pasado fui un superventas pero, ¿sabes qué? Estoy avergonzado. No había ni una sola canción mía. Todo me lo dieron hecho. Solo tuve que poner la voz. Encima en plan manda'o. Y no creas que unas melodías mogollón de difíciles. No, nada de eso. Tararas, tararis, y coritos de esos. Ahí no había nada de nada.

Yo quiero ser serio ¿sabes? ¡Eh! Estoy hablando contigo. Esto no es un soliloquio ni pollas en vinagre. No estoy loco, ¡eh! Así que si no te va este rollo eres libre de mandarme a la puta mierda y saltar de página. Sí, si, así de fácil colega.

He hecho varios cursos de informática musical ¿sabes? y además tengo un Macintosh que es la leche con unos programas de la hostia. Esta vez quiero poner a prueba una nueva técnica. Algo que se me ocurrió, sin venir a cuento, en el último curso. A ver qué te parece. Quiero hacer una música que sea mía pero paso de tocar nada de nada. Nada es nada. Nada. Mi música hecha solo con música de otros. ¿A que es genial? Me parece que los yanquis le llaman a eso *mashup* o algo parecido. A mi los idiomas no se me dan muy bien ¿sabes? Pero la movida es hacer mis canciones con canciones de otros? ¿Fraude? No, de eso nada, monada. ¿Por qué iba a ser fraude eso? Ahí esta la gracia del hijo de puta que se le ocurrió. ¿Cuánto es el tiempo máximo que algo puede sonar igual sin que sea plagio?, ¿dos segundos? ¿Que no es por tiempo? Y entonces por qué es, ¿por compases?, ¿cuántos?, ¿cuatro? ¡Va! Con eso se puede hacer mogollón de movidas.

Tengo un colega que vive de esto y gana la pasta gansa de festuqui en festuqui. El pibe anda por ahí con una maletica llena de vinilos y pincha y pone esto y lo otro y nadie paga nada de derechos, ni de multas. ¿Que no es piratería? ¿Por qué? Ya, esa música es para eso, ¿no? Bueno, yo voy a hacer algo parecido sin ser DJ. Porque, entre nos, para mi eso no es ser músico. Es saber calentar el ambiente, hacer una buena fiesta, pero hasta aquí. Lo de músico, colega, lo de músico es algo mucho más serio que poner a brincar a la peña toda la noche.

¿Sabes qué? Los hijo de putas de la disco me han rechazado todo. ¡Por plagio! Les encantó la muva, pero dicen que eso de los cuatro compases es una gilipollez y que no están dispuesto a meterse en un pleito porque me haya dado un ataque de creatividad. Les mola mogollón. Dicen que es lo mejor que he hecho hasta ahora pero no quieren mojarse. ¿Tú te crees? ¿Estos tíos de qué van? No se enteran de la misa a la media.

Corté todos los riffs que me cuadraban y que estaban solos, sin ningún otro instrumento encima. ¿Tú sabes? La batera sola, una guitarra, un bajo, voces. Plis, plas. Luego los fui pegando. Cortando, copiando, pegando. Tengo un programa que le ajusta el tiempo y la frecuencia en plan auto. Tú solo tienes que dejar caer el trozo de sonido, bueno el archivo, en el lugar donde lo quieres meter y en la pista que quieres y él solito, plam, plam, plam, ajusta la movida a la otra. Así de sencillo. Me quedaron unas pistas... ¡que ni el original! Claro, sí, se nota un poco que es cada cosa. Si tienes buen oído puedes pillarlo. Por eso estos gilipollas quieren que lo cambie. No tienen ni puta idea aunque hayan oído mogollón de música. No se les escapó ni una. Así que no me queda otra. Te dejo.

¿Sabes lo que hice? Un coleguita me contó que podía dividir las frases en notas y luego currar con las notas independientes. Así que cogí los trozos que ya tenía y los dividí en notas y en el mismo programa fui probando diferentes movidas, hasta que elegía una. ¡Esa, esa! Enter. Y la cambiaba definitivamente. Bueno, tanto no, luego podías deshacerlo. Ctrl-Z. Undo. Lo que quiero decir es que no se parecía en nada a lo anterior. Imagínate que hubiera una frase C, F, G, D. Las letras representan las notas, ¿sabes? Pues el programa iba probando hasta que lo parabas. Por ejemplo en F, G, C, D. ¿No te parece acojonante? ¿Qué qué me dijo la disco? Que así no podía quedarse porque había sonidos que se reconocían de quién eran. No todos ¡eh? Pero los cabrones pillaron todavía alguno. De todas maneras, ¿no quedamos en que la movida de la copia era por compases? Pues no, estos no lo tienen claro, dicen que eso no está escrito en ninguna parte y que, si está escrito, no tienen ni zorra dónde y por si acaso me exigen que lo cambie o pague yo las multas si me cogen. Si, quieren que firme un contrato donde yo juro que todos esos sonidos son míos y que ellos se desentienden. ¿Tú te crees?

¡Ay qué miedo! ¡Buuuuuuuuuuhh! ¡El lobo! ¿Que qué hice? Aún nada pero voy a cambiarlo. Paso de movidas.

Ahora si que estándar. Metí mogollón de efectos a los sonidos y ya nadie puede reconocerlos. ¡Ja! ¡Se lo han tragado! Les he dicho que al final decidí grabarlo todo yo mismo y… solo grabé, de verdad de la buena, la melodía porque todo, todo lo que se oye… ¡no es mío! Ya se que ellos saben que no toco una mierda pero oye, uno siempre puede aprender o traerse a un primo. ¿O es que Rosendo nació sabiendo? He tardado menos de un mes, pero ahora los chalaos estos reconocen que es original pero que no vale una mierda y que así ni hablar. Hay que joderse.

1=2

–Camarero –llama el cliente habitual del bigote al joven camarero–, ¿cuánto es?

–Son dos euros señor.

El hombre saca una moneda de un euro y la deposita en el pequeño platito de baquelita que ha extendido el camarero.

–Son dos euros señor.

–¿Sabe usted que 1=2?

–No señor, uno no es igual a dos, de la misma manera que tener mucho puede no ser poco.

–¿De veras cree usted eso? –le dice mirándole por primera vez a la cara a la vez que le extiende una pequeña servilleta de papel garabateada–. Mire esto, por favor. Lo he encontrado debajo del servilletero.

En el diminuto trozo de papel puede leerse:

$$a = b$$
$$a^2 = ab$$
$$a^2 - b^2 = ab - b^2$$
$$(a - b)(a + b) = b(a - b)$$
$$a + b = b$$
$$b + b = b$$
$$2b = b$$
$$2 = 1$$

El camarero apenas desliza su vista por encima.

–¿Y?

–¿Cómo que Y? –exclama el cliente –. ¿No le parece suficiente?

–Cualquiera sabe que esa deducción no es correcta.

–¿Ah, no? Si es tan simple… donde está el error.

–¿Qué mas da? Como le he dicho, cualquiera sabe que no es correcta.

–Hagamos una cosa, si le parece bien, por supuesto, si usted me demuestra dónde está el error, le pago 50€. Si no, entonces efectivamente 1=2, por lo que debe aceptar mi euro.

–¿Está dispuesto a perder ese dinero?

–Digamos que… si.

–Usted mismo. El error se encuentra en la línea 3. Si a=b, en el mismo término $a^2 - b^2$, en la siguiente línea, se anulan dando en el mismo término cero y como la división por cero no está definida, la demostración no es válida.

El cliente saca de la billetera un billete y se lo extiende al camarero conjuntamente con una moneda de dos euros.

–Ha ganado amigo.

El camarero recoge el dinero. A punto de marcharse el cliente le sorprende:

–Sabe… Es usted muy listo. No debería estar trabajando en esta cafetería. Podría aspirar a algo más en la vida –le aconseja mientras piensa en lo inútil que le fue estudiar matemáticas. El mismo se consuela: «Bueno… También fue hace muchos años. De hecho nunca la he ejercido». Sabe que ha hecho el ridículo, que no prestó suficiente atención. Sabe que, una vez más, la soberbia le impidió aceptar algo tan evidente como que 1 no puede ser igual a 2. «¿En qué cojones estaba pensando? Jope, después de esto…»

El camarero se aleja de la mesa contento mientras piensa «Caíste en la trampa gilipollas. Me subestimaste solo por servirte el café. Yo también estudié matemáticas cretino. Me lo refrescaste tú mismo ¿recuerdas? Por gusto.

No vino a colación de nada. –¿Sabes? –me dijiste– yo estudié matemáticas: una de las carreras más duras. Por eso me va bien en la bolsa –. No te respondí. Simplemente me acordé que yo también había estudiado lo mismo y no me había ido tan bien en nada. Ni siquiera en la vida. Y me cabreaste ¿sabes? Me sentí ofendido. Y te dejé esta trampa de principiante. Efectivamente tenía razón. Caíste. Eres un gilipollas engreído que va por ahí luciendo la escoba que tienes metida por el culo».

–¿Sabes? –exclamó casi en voz alta para atraer la atención del camarero –. Sabía perfectamente la respuesta. Solo quería saber si la sabías tú.

El camarero desapareció despacio a la cocina. «Tenía que haber apostado más fuerte. El gilipollas he sido yo».

Dale a Me gusta

1 de Enero de 2014. 10:00 AM.

Queridos amigos de Facebook. No sé cuánto tiempo me queda de vida. ¿Año y medio? ¿Quizá menos? Hace unos tres meses me detectaron una enfermedad degenerativa irreversible. Estaba torpe, cansado, sumamente cansado. Pensé que era estrés, puro agotamiento. Pero los médicos me sorprendieron, después de unas dos semanas seguidas de pruebas, con un diagnóstico que suena a sentencia letal. Desde entonces solo he podido pensar en algo que nunca antes estuvo en mis planes: la muerte. Pude oír a mi buena amiga que me acompañó a la consulta "definitiva" implorando cualquier tipo de terapia que prolongara mi existencia y también la respuesta indiferente y cruel de la enfermera. «¿Para qué? No hay nada que podamos hacer». La conversación se produjo delante de mí, como si no estuviera presente, como si ya me hubiese ido. Por extraño que os parezca la reflexión no me sorprende. Siempre he tenido dudas del ser humano. Falta de fe. Así que soy una bomba en potencia. Quizá debería apretar el gatillo, pero no lo haré. Dejaré que seáis vosotros los que jueguen a ser Dios desde su anonimato cobarde, desde su insoportable exhibicionismo. Voy a aprovechar las redes sociales para hacer mi último experimento. Será ese "otro" amorfo, vosotros, quien tome la última palabra acerca de mi "yo". Es lo que tiene ser de ciencias. Tengo casi 5000 amigos. Son muchos, ¿no?

Recibo tantos mensajes y gilipolleces todos los días que apenas puede leer con desgana una ínfima parte. Mierda. Las redes solo generan mierda aburrida, pretensiosa, estúpida. Así que dispongo de un muestreo bastante representativo para averiguar qué es eso de la ética social e irme sin dudas.

Aprovechando estos últimos ratos libres sin dolor (solo latente) he creado un pequeño engendro hardware-software que permita se cumpla vuestra voluntad aquí en la tierra, como en cualquiera de esos patéticos *reality show* de televisión. El mecanismo es muy simple. A partir de ahora podéis votar clicando Me Gusta. Si el día 3 de Enero del próximo año a las 3:00 AM, la cantidad de clics no supera el 60% de 4000 (tenéis que votar 2400 si queréis salvarme; y no vale votar más de una vez) este pequeño engendro electrónico me chutará una dosis letal de aire en vena. No os preocupéis que a esa hora estaré dormido lo suficientemente sedado como para no enterarme. Cuando mi corazón pare de latir el cacharrito en cuestión encenderá la luz de la habitación, tomará una foto, la subirá a Facebook y enviará un WhatsApp a unos pocos (lo suficientemente lejanos y ajenos a "mi problema") para que vengan a recogerme los de emergencia. Probablemente alguien ya me haya juzgado y piense que soy un egocéntrico egoísta o un sádico cobarde. Se equivoca. No tengo familia. No dejo nada. A mi familia la mató un auténtico cabrón famoso drogado que, para vuestro conocimiento, sigue su vida como si nada hubiera pasado: recibiendo Me Gusta en Facebook y desbarrando en programas de televisión para marujas que no duermen la siesta. A eso se dedica. No pierdan el tiempo en intentar evitarlo de otra manera que no sea como os he indicado porque nadie tiene ni la más remota idea de donde estoy o pueda estar, ni siquiera de quién soy. Es lo que tiene vivir en esta aldea global.

A los que me felicitan por mi cumpleaños sin conocerme de nada; a los que envían mensajes de *Dale a me gusta si amas a Jesús*; a los que comparten sus momentos borrachera e idiotez colectiva; a los que se beatifican como maestros de la opinión, a metrosexuales,ególatras, fetichistas y parafílicos; a los que piden casamiento publicándolo en su muro; a los incógnitos que reparten insultos, calumnias, infamias; a los *fans* de los *selfies*: ahora podéis encarnar a César o al mismísimo Dios. Esto es todo.

3 de Enero de 2014. 2:30 AM.
En la memoria de un engendro computacional hay una variable que almacena el número de clics *Me gusta* de un condenado a muerte biológico. Hasta el momento acumula 2345 votos. Todo lo demás sigue en orden. La energía del suministro eléctrico está estable con menos de 1% de variación. Los sistemas de inyección de aire, encendido de luminarias, de videograbación y de mensajería están listos. La segunda dosis de sedante ha sido suministrada satisfactoriamente, el cuerpo está completamente relajado en fase IV de sueño. Todo en orden.

El oso y la nuez
La araña y el ciempiés

Empezó llamándole puchi, como a un perrito. Después fue pupi, papi, pipo, papuchi, popuchi, puachi, oropuachi. Eso fue en la época P, luego vino una T y otra aún más ridícula B. Fueron tantos los motes que llegó a olvidar su verdadero nombre porque aquel novio se convirtió en el osito de peluche que siempre quiso tener, en el amor de su vida.

A los quince años se tienen muchas vidas; se vive a la velocidad de una vida por día. Cada vida parece tan larga e infinita que beberse un vaso de agua resulta interminable. Sobra tiempo para todo. Quedar para mañana es como una eternidad y los minutos no pasan, sino que se extinguen en la angustiosa longevidad del infinito.

El osito y la araña eran como el hierro y el imán, imposibles de separar. Cualquier despedida duraba horas de promesas heroicas. Cualquier encuentro parecía fugaz. Cada alejamiento era como una ablación que dejaba el corazón con taquicardia y la piel con temblores. Estaban predestinados a iluminar el resto de la oscuridad de los tiempos, a fundirse en una sola cosa donde fuera imposible distinguir a cualquiera de los dos. Como si hubiesen nacido para eso; para encontrarse y ser otro ser con dos cabezas, dos corazones, cuatro piernas, cuatro brazos y una sola alma: el intangible privilegio del amor.

El primer amor siempre es puro, infinito, permanente, porque aparece como un todo ocultando cualquier posible amor futuro. Es la celebración del desconocimiento de cualquier amor. Por eso valdría la pena matar y desangrarse, dar la vuelta al mundo y enterrarse, volar y aniquilarse. Por eso los poetas se ahorcan y los románticos se cortan las venas. Es algo mágico y estúpido por lo que merece la pena vivir y morir.

El osito y la araña eran vírgenes y debían probar su amor, su verdadero amor, a través de la castidad. Para ella manteniéndola, para él perdiéndola. Se tocaban, se babeaban, no podían dejar de hacerlo, pero había un límite en mitad de ese derroche de lubricación que no debían pasar. Él lo intentaba. Ella paraba. Él se defendía. Ella también. En las reglas de ese amor desconocido que creían dominar a la perfección estaba prohibido casi todo. La felación, el cunnilingus o el sexo anal eran pecados. Para los dos era un revelación de algo sórdido, impuro. Ella no quería ser puta. Él quería ser macho. El ciempiés quería comerse la nuez. El oso quería romper las trampas de la araña. El juego llegaba a su fin. El tiempo seguía su curso ajeno a la pureza, demoledor, implacable.

La lección de Hugo

–Papá, mira lo que he hecho. Tócala, tócala papá –me dice mi pequeño Hugo–, tócala papá que la hice para ti en la clase de Irene.

Hugo está punto de cumplir seis años. Irene es su profe de piano. Héctor, su hermano, ya cumplió los siete. Por eso dice que es dos años mayor que su hermano, aunque en realidad se llevan solo quince meses. Los dos regresan de su clase de piano. Está a punto de terminar el curso. Hugo está muy excitado porque toque su partitura.

Esta es la partitura.

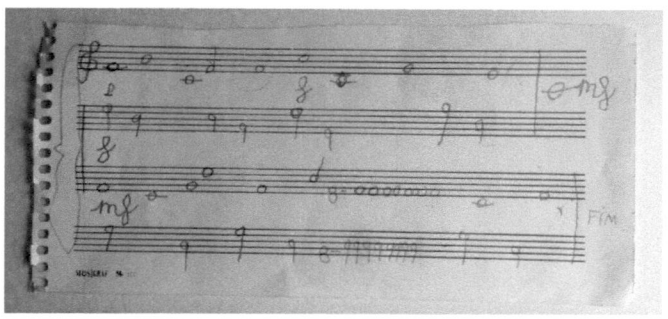

Intento tocar primero la mano derecha.

–No papá, tócala con las dos manos.

—Yo no soy pianista cariño. Déjame tocar primero una mano, luego la otra y por último las dos juntas... como te enseña Irene.

—Vale papá —pero apenas termino la primera línea Hugo me interrumpe—. No papá, así no. Primero tienes que tocar la primera línea junto con la segunda. Después, fíjate papá, la segunda con la tercera y después la tercera con la última.

—¡Uhmmm! —en efecto puedo ver que a la derecha una barra une la primera línea con la segunda y la tercera con la cuarta y otra barra a la izquierda une la segunda con la tercera. «¡Vaya canon extraño!», pienso. Las dos manos hacen juntas las dos primeras líneas, luego la mano derecha pasa a hacer lo que antes hacía la izquierda y esta última un acompañamiento nuevo y lo mismo pasa en la tercera línea con la cuarta. El canon se basa en la imitación. Una voz repite lo que antes hizo la otra después de cierto tiempo mientras que la otra innova lo que forma una armonía curiosa y estructurada. Aquí las voces empiezan juntas pero al inicio del segundo compás la segunda voz innova y es la primera la que repite.

—Venga papá.

Si todo está en clave de SOL, como parece, el primer semiacorde es una segunda menor: dos notas separadas por un solo semitono (mi/fa). Un intervalo considerado disonante por excelencia. ¿Cómo puede un niño de apenas cinco años empezar con una tensión que crea disonancia y «pide» psicológicamente su resolución? Algo que resuelve a continuación con un unísono: la consonancia perfecta. En general, las notas tienden a moverse unidas por alguna extraña fuerza de gravedad menor que una octava. Ningún sonido ejerce atracción sobre cualquier otro sonido que se encuentre en sus cercanías. Es imposible predecir ni siquiera una nota antes o un intervalo o un acorde (o semiacordes como es el caso; a no ser que se tocara a cuatro manos). No existe ningún centro tonal. La atonalidad tuvo que esperar a principios del siglo XX para sacar los dientes.

Si bien todas las notas no están igualmente representadas, por lo que no se puede hablar de dodecafonismo, parecen tomadas al azar. Lo más probable es que Hugo simplemente escribiera las notas donde alguna voz invisible le indicara. ¿Improvisación pautada? ¿Música aleatoria? La música también tuvo que esperar a los 50s para que John Cage institucionalizara la indeterminación.

En la partitura de Hugo las notas parecen objetos visuales dinámicos prestos a cambiarlo todo de un momento a otro. Como si la música aspirase a la condición de la pintura. Como si el aspecto visual de la composición musical –la partitura– no fuera un mero medio sino un fin en sí mismo. Pintar es un juego. La música es un juego. Todo es un juego que se conecta sin complejos. Para Hugo es natural. No existe lo uno y lo otro sino el todo: el dibujo que canta, la música que se retrata. Anthony Braxton escribió acerca de la "notación visual" de su Composition 10 –todos asteriscos, flechas y garabatos–: "Una ejecución determinada...debería revelar la materia visual real… lo que es como decir que uno debería poder ver en realidad (la pieza) tanto como escucharla". Las partituras gráficas aparecieron allá por los 50, no solo por la fascinación de sus autores por las artes visuales, sino también por la demanda de nuevas técnicas de notación de la música electrónica y de cita. Se hizo preciso anotar la vida y el nuevo paisaje sonoro electrónico. Esto es jazz en estado puro. Al final consigo tocar algo que no estoy seguro sea lo que está escrito.

–Papá, ¿sabes qué? Irene la tocó mucho mejor –me dice.

–Claro cariño. Irene es pianista, papá no.

–Pero lo has hecho muy bien papá. ¡Muy bien!

–Gracias mi amor –puedo verle la cara iluminada con el resultado de su composición.

–¿Te ha gustado?

–Claro que sí. Me gusta mucho.

–Gracias papá. Voy a hacerte otra –me dice y se va con rumbo al salón pero, antes de abandonar la habitación, parece que cambia de idea y regresa.

–¿Sabes qué papá? Lo escribí para que aprendan los mayores –me dice y ahora si se va con su cara iluminada a escribir la próxima lección.

Los homúnculos de Elaine Sturtevant

Toda la realidad es ahora una realidad virtual.

Elaine Sturtevant

–Bueno ¿y ahora qué hacemos? Ahora que Sturtevant ha muerto.

Todos se miran. Más de veinte réplicas de Sturtevant se miran en silencio. La creadora se ha ido. El autor ha muerto. Una vez más. ¿Qué sentido puede tener el después?

–Seguiremos haciendo lo mismo –dijo la réplica 11 y todas siguieron haciendo lo mismo. Era, en definitiva, lo que mejor sabían hacer: copiar. Todas las réplicas replicaban con exactitud, como ellas mismas, todos los detalles de la imagen sobre la que trabajaban. Todas eran idénticas, como sus pinturas. Todas eran copias de Elaine Sturtevant. Todas tenían 89 años, todas de idéntica identidad, todas queridas por Lichtenstein, Beuys, Warhol. Todas entendían mejor que los originales sus originales. Tanto que cuando a Warhol le preguntaban por algo de alguna de sus obras desviaba la pregunta a Elaine: No se. Pregúntale a Elaine. Lichtenstein, Beuys y Warhol copiaban y repetían tebeos y anuncios publicitarios y Elaine los copiaba a ellos. Todas eran la "creadora" apropiacionista de la antología

Dibujando el cambio de roles en doble dirección que alcanzó la fama y recibió la medalla de oro de la Bienal de Venecia por su aportación al arte del siglo XX.

Solo tienen que seguir haciendo lo mismo. Lichtenstein, Beuys y Warhol ya estaban muertos muchos antes que Elaine, la original, la cotizada, la primera postmoderna, la radical banalizadora del arte, y sin embargo siguieron copiando. Todo el mundo, después de 50 años haciendo lo mismo, lo entendía así. No habían razones suficientes para cambiar. Copiar hasta la muerte de la última Elaine era, es y seguirá siendo la misión de cada Elaine.

Un día un ladrón entró de noche al estudio mientras cada Elaine dormía con su pareja en su casa y robó, entre otras cosas, la bandera de los EE UU de Jasper Johns de 1991; la original. Johns tenía muchas, le gustaba pintar banderas de EE UU. Muchos museos las exponían y ésta, la sustraída, era el auténtico original que exponía un reconocido, emblemático y prestigioso museo de arte contemporáneo. Debo señalar que esta de la imagen no es la original, ni siquiera es un lienzo, sino una fotografía de un dibujo que he hecho para que pueda hacerse una idea de cuál se trata.

El ladrón no era un ladrón de obras de arte. No. Era un ladrón vulgar que se llevó la bandera porque le gustó y no abultaba demasiado. Le recordaba las banderas que pintaba cuando de niño quería ser marine y pelear en Vietnam o en donde fuera por su patria y no tenía entre sus planes ser un vulgar ladrón de pacotilla.

Cuando las Elaine regresaron al trabajo se encontraron el desastre, la tragedia, el infortunio. ¡Falta FLAG 1991! ¡¿Ahora qué hacemos?! La réplica 2 la había pintado 4 veces y también la réplica 6 un par de veces. Pero todas las copias se habían vendido. FLAG 1991 había desaparecido para siempre. La del museo reconocido, emblemático y prestigioso solo era una copia. ¿Qué hacemos? Se preguntaron todas. Seguir –se contestaron–. Es nuestra razón de ser. Tenemos que seguir hasta la muerte.

La réplica 2, la más experimentada en FLAG 1991, fue la elegida para intentarlo a partir de la imagen. Había recelo. No todas estaban de acuerdo. Sin original la copia sería ilegítima; sería más original que copia. No sería una Sturtevant original. ¡Qué desastre! No obstante la réplica 2 pintó su primer FLAG 1991 y recibió la aprobación de todas menos de la réplica 6, con la que no las tenía todas. –La distancia entre las líneas de la cuadrícula no es la misma, tampoco la degradación de la última mancha de azul de abajo. Demasiadas pegas. La réplica 8 se excedió bastante y contagió al resto. Todas las Elaine se pusieron muy nerviosas. Gritaban, lloraban, se arrancaban los pelos. ¡Qué desastre! La réplica 6 cogió el pincel y confundida se lo clavó en el ojo a la réplica 2. Lo hundió hasta tocar el cráneo. Le salió un chorro de sangre y luego materia gris. Se desplomó al suelo arrastrando a la réplica 7 que le agarraba por el pelo. Esta se partió el cuello con una silla. Todas se pusieron histéricas. El pánico las hacía hacer cosas que no querían hacer. La réplica 5 metió un bote de pintura azul en la boca de la réplica 17 y lo empujó con una fuerza inusitada hasta que se ahogó.

La réplica 13 derramó al suelo un bote de diluyente y prendió fuego. Unas ardieron, otras se ahogaron por el humo. Otras se clavaron espátulas en el cuello y en la barriga en una especie de ritual harakiri. A otra le dio un infarto después de unas terribles convulsiones que le forzaban a lanzar espumarajos por la boca como si fuera un lanzallamas. Al final no quedó una réplica. Ni de ellas, ni de las obras, ni de ninguna réplica vista alguna vez. Y se hizo el silencio.

Una semana después del suceso un atentado sacudió la tranquilidad de París. Nadie estaba seguro. Un comando radical islámico ametralló un grupo de personas que comían en un tranquilo restaurante. Una mujer se inmoló desintegrándose en el aire en medio de una plaza. Segundos después todos los muertos perdieron su nombre. La ciudad de la luz se apagó un segundo. El amor ardió unos minutos. Todo se hizo gris.

Después de la primera gran confusión la ciudad se blindó. Treinta horas después los artificieros recibieron un chivatazo. Al parecer los yihadistas huidos se ocultaban en el barrio de Sturtevant. Un gendarme vestido de paisano fue a echar una ojeada, pero todo estaba tranquilo. Incluso el estudio de Sturtevant parecía inalterado: las paredes blancas, los suelos inmaculados. Todo en la más absoluta normalidad. Allí no había pasado nada. El inmueble estaba en venta y era visitado más por curiosos que por compradores. Ni un solo rasgo de evidencia.

Nadie ha vuelto a ver nunca más a ninguna Sturtevant. Pero muchas obras de Lichtenstein, Beuys y Warhol siguen multiplicándose en colecciones privadas y llegando a las colecciones públicas. Todas son originales. No hay manera de distinguirlas como no hay manera de distinguir los homúnculos de Sturtevant. Nadie sabe de dónde salen. Policía, restauradores y científicos investigan sin descanso mientras las flores de Warhol, los personajes de tebeo de Lichtenstein y las banderas de Johns se multiplican.

No tengo mapa en este mundo

Conocimientos puede tenerlos cualquiera, pero el arte de pensar es el regalo más escaso de la naturaleza.

Rey Federico II El Grande

Los mapas son proyecciones del mundo real. Los mapas son ficciones. Los mapas mienten. La tierra, pese a los terraplanistas, es un geoide que aprendimos todos en el colegio con una descripción que no dejaba dudas: esfera achatada por los polos y ensanchada por el Ecuador. El mapa no es el territorio, debe proyectar tres dimensiones en dos, debe quitar información para mostrar información. Hay más de 400 tipos de mapas de la tierra, aunque ninguno representa de forma exacta al planeta. No pueden. No es posible.

Mercator se hizo famoso por meter un cilindro en el geoide y proyectarlo. Solo el Ecuador toca el cilindro mientras todo lo demás se va deformando y agrandando progresivamente hasta llegar a los polos. Ahí vive poca gente, hace mucho frío, pero los pocos que viven en esas regiones están encantados de verse en esta representación mucho mayor de lo que realmente son, mayor que el resto.

En los años 70 del siglo XX, cuando ya ningún mapa parecía posible, Arno Peters dio a luz un nuevo mapa del mundo, basado en una proyección de Galo del siglo XIX. Aunque Peters defendía que mostraba una visión más real del mundo, que ilustraba las superficies de forma real, aunque vendió más de 80 millones de copias, su "mapa real del mundo" no era más que el "mapa irreal del tercer mundo". Peters acusó al mapa de Mercator de proporcionar una visión eurocentrista y colonialista del mundo. Mercator no se podía defender desde la tumba, pero quizá le hubiera acusado de pura propaganda política porque, en el mapa de Peters, África aparece muy alargada. Las matemáticas, es curioso, pueden servir de herramienta para batallas ideológicas absurdas. El profesor de Geografía Felipe Hernando lo explica de esta manera:

> Los mapas son ideología, detrás de cada mapa hay un mensaje: un cartógrafo está subvencionado por un mecenas, por gobiernos, por ejércitos. [...] los mapas se hacen con finalidades y una es el control y dominio del contenido, del territorio que representan.

El mapa de Peters es el favorito de algunas ONG, el resto de las instituciones utiliza uno de los 399 tipos restantes. Hay mapas mejores para todo: para los satélites, para que los fieles musulmanes sepan donde está La Meca, para que los navegantes sigan rumbos marítimos en líneas rectas, para dejar claras las posesiones del Imperio Británico, etcétera. Los cartógrafos de la Guerra buscan desmoralizar a sus enemigos y justificar la justicia de sus causa con sus mapas persuasivos.

El centro de los mapas varía según la intención simbólica del cartógrafo. No siempre es Europa. En la mayor parte de los mapas medievales el centro es Jerusalén; después se cambió para hacer sitio al Edén (el paraíso terrenal de donde expulsaron a Adam y Eva). No importa que gran parte del margen derecho se quede en blanco; tampoco que el norte de América se parta en dos. Este mapa no busca reflejar el territorio geográfico, sino el religioso. Debo decir que el Edén, como la Atlántida no siempre se localiza en el mismo lugar. A veces se ubica en Asia, a veces en Florida gracias, según un pastor baptista, a los principios de la Teología y la Relatividad; a pesar de que, en el siglo XVII, Einstein no había nacido.

Todos nacemos con un pan bajo el brazo y un mapa bajo el otro. Yo también traje un mapa. No se quién lo hizo, pero supongo que a mis padres les pareció conveniente cambiármelo por otro que tenía el centro en el polo norte y Estados Unidos frente a una URSS enorme. Mi nuevo mapa era más propio de los terraplanistas. El agua del océano estaba contenida por una Antártida infinita (solo la proyección de Mercator tenía una Antártida de dimensión comparable con la de mi plano) y los continentes eran unas enormes manchas de colores cálidos, en movimiento por un inmenso estanque salado azul pastel. Mi mapa solo se podía transitar en avión. En aquel mapa, para acercarse a un lugar había que alejarse. Se llamaba *El Mundo Dividido*.

Me dijeron que ese era el mapa correcto y yo no tuve más remedio que aceptarlo, a pesar de las imágenes que envió el Apolo 17 en su día. *La nave está girada 180º*, fue la explicación que me dio mi padre para que entendiera por qué el mundo aparecía al revés. Tuve esa sensación de vivir en un mundo al revés durante mucho tiempo. "Nada está donde crees que está", dijo un cartógrafo en la serie *El ala oeste de la Casa Blanca*. Eso ya lo sabía y muy bien. La serie bien podía haberse titulado *El ala norte de la Casa Blanca*.

Cuando me hice mayor conocí uno de mis mapas favoritos. La proyección Dymaxion, que bien podría ser el título de una película, desplegaba un icosaedro imposible de creer a no ser porque se parecía a mi *Mundo Dividido* y porque es uno de los pocos donde se mantienen las formas y las dimensiones. R. Buckminster Fuller creó también un automóvil tan raro como su mapa. Era, sin duda, el vehículo adecuado para viajar en su mapa. La Dymaxion era una especie de automóvil volador, o avión propulsor, con motores a reacción, tres ruedas, alas inflables y forma de dirigible. El plan total de Buckminster incluía casas de producción masiva sembradas en el paisaje por dirigibles.

El supositorio de tres ruedas de Buckminster resultó inviable, tanto como inútil su mapa, pero eran atractivos, ingeniosos, extravagantes. Su mapa distorsionado mantiene las formas y proporciones sin embargo hay mapas cuyo objetivo es representar las desproporciones; como el que representa cada país según su riqueza. En este mapa hay países bulímicos y anoréxicos. Es una representación enferma que no permite llegar a ninguna parte, ni siquiera a través del estremecimiento.

Quizá animado por el atrevimiento de Buckminster, o por la inutilidad del mío, deseché el mapa heredado para crear uno mío propio. Lo primero que se me ocurrió fue cartografiar el vacío pero resulta que Nikolaus M. Freeman se me había adelantado; con un sistema bastante preciso había creado un mapa bicolor de Estados Unidos y Canadá, llamado *Nobody live here* (nadie vive aquí). Los colores no representaban a ambos países, sino a las zonas habitadas/deshabitadas de ambos países. Gracias a Freeman se puede ver cómo Estados Unidos, el tercer país más poblado del planeta, detrás de China e India, tiene la mitad de su territorio despoblada.

¿Qué tal si cartografiaba el poder? Resulta que también existe un mapa bicolor que muestra los país invadidos/no invadidos por Gran Bretaña. Solo veintidós países se libraron de sus ataques. Este tipo de mapa resulta tremendamente confuso porque añaden al problema del espacio otro mayor, el problema del tiempo.

Ya sin mapa en este mundo, busqué todos los mapas posibles para dedicar todos mis esfuerzos al mapa perdido del hombre, al no imaginado, ni realizado.

Los resultados de los mapas encontrados fueron más alucinantes que los proyectos de Buckminster: un mapa absolutamente inútil de Pangea con las fronteras internacionales actuales (aún con su aspecto de plato, ni siquiera sería reconocido por los terraplanistas), un mapa de las banderas del mundo, un mapa del consumo de alcohol y otro de la clasificación de las bebidas alcohólicas por país, un mapa de McDonald en el mundo (donde se puede observar que su mayor potencial está en África), un mapa de la ruta de 29 000 patitos de goma (después de caer de un buque de carga en medio del Océano Pacífico), un mapa de los países con mayor cantidad de sobornos (que colorea a los países según una escala de saturación del rojo), un mapa de la edad promedio de la primera relación sexual por país (en una escala del verde al rojo), un mapa del número de investigadores por millón de habitantes (que parece más un mapa de la diferencia entre hemisferio norte y sur), un mapa del consumo mundial de café per cápita anual, un mapa del centro de gravedad económica desde 1 d.C., un mapa igualmente estéril de los Estados Unidos superpuesto a la Luna, un mapa de la frecuencia de rayos en todo el mundo (la Antártida es el lugar más seguro), un mapa de riesgo global de agua en el mundo (el desierto de Sahara se lleva la peor parte), un mapa de las zonas más peligrosas del mundo para el transporte comercial debido a los piratas (es importante destacar que estos piratas son del siglo XXI), un mapa de Estados Unidos en el que un tal Ludacris dice que hay más mujeres de vida fácil, un mapa que señala en amarillo la zona en la que vive solo el 2% de la población de Australia (casi el 90% del área de Australia), un mapa que indica la recta más larga navegable en la Tierra (desde Pakistán a Península de Kamchatka, Rusia –20 000 millas), un mapa de ruido de la ciudad de Madrid, un mapa de Europa que muestra traducciones literales chinas de los nombres de los países, etcétera, etcétera, etcétera.

Para hacer un mapa solo se necesita elegir una proyección en un plano del geoide que es la Tierra, datos y un código de visualización. Con estas presunciones se pueden elaborar mapas de todo tipo. Las proyecciones abundan; existen más de veinte. Los datos abundan donde quiera, el problema no son los datos, sino saber distinguir los datos útiles de los inútiles, los verdaderos de los falsos. Ese ha sido siempre el gran problema de la ciencia pero hoy lo es peor porque los datos, gracias a la tecnología, están disponibles a golpe de un simple clic. Ya no son datos pequeños o normales, sino grandes y como el inglés está de moda (no he encontrado ningún mapa del uso del inglés en el mundo, supongo que por inútil) es menester llamarlos *big data*. La visualización de datos, por suerte, está de moda. No hay excusa para hacer un mapa y encima hasta el teléfono o tableta más cutre trae un GPS de serie para saber dónde estamos y algún sistema de comunicación (WiFi, Bluetooth, GSM) para transferirlo desde cualquier punto del planeta hasta cualquier otro punto comunicado.

¿Qué podía cartografiar después de toda la sobreabundancia de mapas que existen? La estupidez. Busqué "Mapa de la estupidez" en Google y, por fortuna, obtuve tan solo siete resultados; muy poco interés para un tema tan importante. Facundo Cabral lo resume en una frase breve:

> Mi abuelo era un hombre muy valiente, solo le tenía miedo a los idiotas. Le pregunté por qué, y me respondió: porque son muchos, y al ser mayoría eligen hasta el presidente.

Con una frase como esta y viendo el ejemplo de Donald Trump y Nicolás Maduro (la lista es mucho más larga pero, por ahora, es suficiente), no es un tema despreciable. Nadie pasó por alto la afirmación de Maduro de los cinco puntos cardinales. Todo el mundo pasó por alto que se trataba de un chiste; en realidad era una ironía a un opositor, pero es que Maduro ha metido la pata tantas veces que es difícil creer que solo fue una broma de mal gusto. No hay que olvidar que los países de la Alianza Bolivariana de las Américas, un foro creado por su mentor Hugo Chávez, son territorios "libres de alfabetismo". Trump compite con Maduro si buscamos "idiota" en Google, pero gana si se busca en inglés: "idiot".

La pregunta ¿por qué sucede esto?, podría ser casi otra broma, si no fuera porque en su respuesta a una congresista americana, durante una audiencia en el Comité Judicial de la Cámara de Representantes del congreso de Estados Unidos, el CEO de Google mintió y eso allí es delito. Trump, por sus propios méritos, ha ganado su reputación de idiota en el mundo, pero lo que no es una broma es que Google le ayude.

Uno de estos siete resultados enlazaba con una página web donde el autor escribía: "Si en algún momento alguien intentase trazar el mapa de la estupidez humana, no lo duden, una parte de sus fronteras pasaría por Gáldar". Su explicación es simple. Allí hay quienes optan por destrozar sin otro objetivo que el de hacerlo; perjudicarse a sí mismo.

Según el historiador económico Carlo María Cipolla, los idiotas de Gádar son de manual. Antes de seguir debo aclarar que aquí, en este texto, idiota y estúpido es lo mismo (aunque etimológicamente no lo sean). Cipolla, en su libro Teoría de la estupidez, define las cinco leyes fundamentales de la estupidez humana:

1. Siempre e inevitablemente cualquiera de nosotros subestima el número de individuos estúpidos en circulación.

2. La probabilidad de que una persona dada sea estúpida es independiente de cualquier otra característica propia de dicha persona.

3. Una persona es estúpida si causa daño a otras personas o grupo de personas sin obtener ella ganancia personal alguna, o, incluso peor, provocándose daño a sí misma en el proceso.

4. Las personas no-estúpidas siempre subestiman el potencial dañino de la gente estúpida; constantemente olvidan que en cualquier momento, en cualquier lugar y en cualquier circunstancia, asociarse con individuos estúpidos constituye invariablemente un error costoso.

5. Una persona estúpida es el tipo de persona más peligrosa que puede existir.

La estupidez es un tema importante. Si aún no está convencido recuerde que los presidentes estúpidos, elegidos por una mayoría, tienen poder sobre el ejército. Efectivamente, los destrozos de Gádar están amparados por la ley número 3 de Cipolla.

El problema principal para cartografiar la estupidez son los datos. Se puede medir la inteligencia a través del cociente intelectual, pero la estupidez es más compleja. Se puede tener un alto cociente intelectual y ser estúpido; aunque sea a ratos. Según Dutton y van der Linden, los listos pueden actuar estúpidamente creando modelos falsos con serios sesgos cognitivos solo para salirse con la suya. A estos les llaman listontos o listúpidos. Según Langer existen estúpidos automáticos. Se trata de los que aplican reglas, funcionen o no; como si leyesen la misma novela y esperasen un final diferente en cada lectura. Se podría decir que son extremadamente entretenidos o despistados; pero tanto, que para Langer se trata de un tipo de estupidez. Según Friedler la estupidez viene de la dificultad de pensar en cómo se razona (razonar sobre razonar) así que definió la miopía metacognitiva como consecuencia de la dificultad de buscar otras maneras de hacer razonar para no hacer estupideces. Perkins definió un tipo de estupidez, a la que llamó autoorganización crítica, apropiándose del concepto de autoorganización de los sistemas complejos. La estupidez aquí es una actividad intensa y persistente en el momento inadecuado que provoca el colapso del sistema.

En realidad todos estos enfoques son estúpidos porque están construidos, no sobre "lo que es" la estupidez, sino sobre lo que "debería ser" la estupidez. Hay otros enfoques más estadísticos y sociales basados en la práctica y no en la teoría que intentan evaluar la falta de practicidad, la falta de control y la ignorancia valiente.

Max Milfort definió una serie de reglas binarias para medir la estupidez; solo hay que responder si (1) o no (0) y sumar. Debo confesar que las he retocado para que correspondan a la ley 3 de Cipolla y cumplan con alguno de los tres grandes principios basados en la práctica:

1. Mientras comes chicle y hablas con alguien, el chicle se te cae encima de ese alguien; a veces se pega en su ropa.

2. Saludas a alguien en la calle y no te devuelve el saludo, pero finges tan bien que te lo devuelve otro a la vez que se pregunta de dónde te conoce y por qué tu cara le suena.

3. Te tropiezas con los andenes y disimulas para que no se sepa que has sido tú quien ha roto algo.

4. Te vas dando golpes con la ventana del autobús dormido o peor, despierto, impidiendo con el ruido que pueda dormir tu vecino de viaje.

5. Te equivocas dos veces seguidas marcando el mismo número de teléfono; si, llamas a la misma persona a la que no conoces de nada.

6. Siempre haces la cola equivocada (vale también tomar siempre el carril más lento en la carretera) por lo que haces que la cola sea más larga.

7. Si eres fumador, enciendes el último cigarrillo al revés y escupes el humo a tu interlocutor con una tos atronadora y apestosa.

8. Te ahogas hablando con tu propia baba o le escupes babitas al vecino mientras pronuncias las letras: *b, t, p, c* y *k*.

9. Se te olvida dónde dejaste la moto o el coche en un centro comercial o en una calle e intentas subir en otro que no es el tuyo (también vale entrar en una casa que no es la tuya; incluso rompes tu llave en la cerradura del vecino).

10. Sacas la mano a un coche particular creyendo que es un taxi y el coche provoca retenciones intentando averiguar quién le saluda.

11. Orinas y te mojas los zapatos o el pantalón o peor aún, mojas los zapatos o el pantalón de otro.

12. Defecas y dejas caer algún objeto de valor en el inodoro (observe que no lleva H); mucho peor si ese objeto es prestado.

13. Pones una arepa y se te quema. Pones otra y también. Se acabaron las arepas y comes pan y dejas sin pan y sin arepas al resto.

14. Chutas un balón y la zapatilla (o el pantalón) se va junto con la pelota, mucho peor cuando otro jugador, o parte de él, sale disparado junto con la pelota.

15. A veces le dices mamá a la profesora en clase.

Hay algunas más que resultan necesarias para redondear a 20 las preguntas.

16. Te crees todo lo que te dicen sin cuestionarlo; mucho peor si lo difundes y consigues que muchos otros como tú se lo crean (ver ejemplo de éxito rotundo de los terraplanistas).

17. Crees que la ropa te ajusta porque ha encogido y no por lo que comes así que cambias el detergente, aumentas el calor, y estropeas la ropa del resto de la familia.

18. Arrastras el piano en lugar de la banqueta para acercarte; mucho peor cuando estropeas un piano que vale más que tu casa.

19. Pones el despertador media hora antes, para dormir media hora con la alarma sonando; no solo para ti, sino para tu pareja y para el resto de los vecinos.

20. Confundes el nombre de tu pareja con el de tu amante.

El cuestionario podría ser interminable pero creo que con esto es suficiente para conformar un primer mapa. Hago una página web, la promociono en todas las redes sociales (cuesta mucho dinero) y nada. Nadie responde la encuesta; ni siquiera mis padres. Solo yo. Soy tan estúpido que ni siquiera consigo ser ignorante. Creo haberlo escuchado en una película, pero debía habérseme ocurrido a mí. El mapa de la estupidez es una estupidez.

El Mundo Dividido sigue adornando la pared de mi habitación que ocupo en casa de mis padres mientras yo no tengo mapa de este mundo. Como Fito Páez canta en su canción *Alguna vez voy a ser libre*, del álbum *Giros*, "yo sigo girando sobre el mismo punto, buscando un mapa de este mundo".

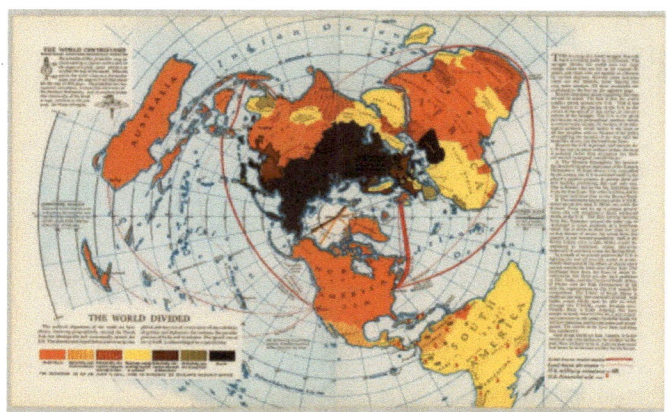

El Mundo Dividido (1941), Persuasive Cartography (Universidad Cornell)

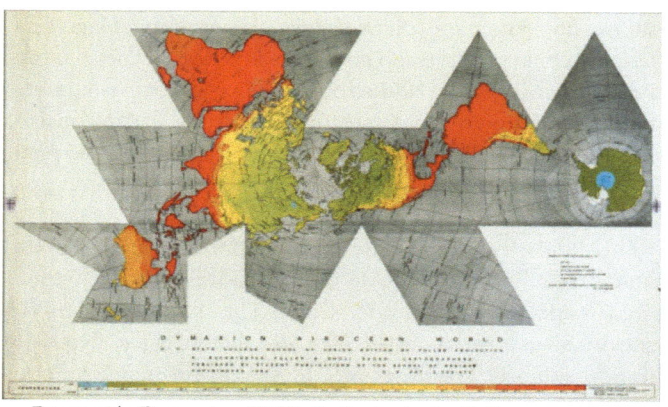

Proyección Dymaxion (1943), R. Buckminster Fuller

Querido diario

Querido diario,

Ayer conocí a Alberto, un chico guapo, encantador, atlético… Uhm, una monada. Está en el mismo curso de mi hermano, en noveno, pero en la otra clase. Uhm, mi hermanito, cuánto le quiero. Es un cielo. Muchas de las chicas de mi curso en séptimo están locas por él pero él, o no se entera, o no le interesa. Porque ni caso. Creo que Alberto y mi hermano ni se conocen. Al menos nunca los he visto juntos, ni cruzando una palabra en el recreo; además, el grupo es muy grande.

Alberto, no hagas como mi hermano, fíjate en mí. Yo soñaré contigo todos los días, te lo prometo. Uhm Alberto, hasta sería capaz de escribirte una poesía. En fin, querido diario, encenderé una vela todos los días a la Virgen del amor, que seguro que hay una, y esperaré que Alberto venga a mis brazos, a mi boca, a mi...

Querido diario,

Por fin mis velas funcionaron. Tiré los libros en la puerta del colegio, justo cuando Alberto salía. Y se detuvo a ayudarme a recogerlos. Y me miró y me mordí un poco mis labios cuidadosamente cargados de carmín rojo y me incliné un poco, solo un poco, para que pudiera notar mis pechos duros, que podría tocar y besar si fuera mío, y mi falda corta dejó entrever también algo de mi intimidad. Alberto se estremeció.

Se puso nervioso. Apenas fueron unos segundos, pero creo que fueron suficientes. ¡Estoy tan feliz! Hoy pondré dos velas. Solo de pensarlo mi corazón se vuelve loco. Si mi hermano lo supiera estaría perdida. Solo soy una pequeña conejita nerviosa en las garras del lobo Alberto; sin voluntad, rendida a la suya. Como le deseo...

Querido diario,

Hoy Alberto me arrinconó en el patio. Parece que tuvo un accidente porque tenía moratones en la cara y los brazos. Su dureza me excitó. Por un momento pensé que me desmayaría. Ya no quedaba nadie. Solo yo, mirándolo, devorándolo con los ojos. Y Alberto se me acercó. Me apretó contra la pared, donde nadie pudiera vernos. Y me besó. Un beso muy largo y salivoso. Y tocó mis pechos por encima del uniforme. Y luego bajó hasta la zona prohibida y metió la mano. Pensé que me moría. Tenía mi sexo muy mojado. Si en lugar del patio del colegio estuviéramos en algún lugar solos creo que hubiera tenido un orgasmo. Me cogió la mano y la empujó hacia su pantalón y toqué aquella cosa dura, pero me aparte corriendo y le dejé con las ganas. Estoy muy nerviosa. Nunca antes había sentido nada parecido. Oh, Alberto, cuanto te deseo. Pero si quieres el fruto prohibido de mi virginidad tendrás que pasar por muchas otras pruebas. Aunque percibo que eres un animal sediento y salvaje. Estoy confusa. Hoy pondré solo una vela. Pídeme que nos veamos lejos del colegio. Por favor, pídemelo y verás de qué cosas soy capaz...

Querido diario,

Hoy Alberto ha venido en una silla de ruedas. Le han partido las piernas. Estaba con otros dos en el patio, a la hora del recreo, pero cuando me acerqué al grupo y me vio salió disparado, como si hubiese sido yo misma la que le hubiera partido las piernas. Ay Alberto, eres todo un misterio.

Le hablé de ti a mi amiga Sofía y me contó que habías violado a una chica en octavo. Eso no se hace Alberto. Eres malo, muy malo. Solo me dirigía hacia ti para escupirte en la cara, delante de tus amigos. No te quiero cerca de mi a menos de diez metros Alberto. No quiero volver a saber nada de ti. No existes.

Querido diario,

Espero que mi querido hermanito jamás lea estas letras. No he vuelto a ver a Alberto. Pregunté por él y me dijeron que intentaron atropellarlo con un coche rojo; un coche igual que al de mi hermanito. Estuvo en el hospital muy grave, pero no dijo nada al respecto. Cuando le dieron el alta se cambió de colegio. ¡Qué cosas tiene la vida Alberto!

Hoy me han presentado a un chico y no puedo dejar de pensar en él. Es alto, precioso, delicado, atlético… Uhm… No voy a escribir su nombre por si acaso mi hermanito, por casualidad, leyese estos pensamientos y sentimientos. Pero es de su clase. Es de su clase y su nombre empieza con A. Mañana encenderé una vela para que se fije en mí…

La partitura de Héctor

–Ahora toca la mía papá –me dice Héctor. Ha llegado su turno.

La partitura de Héctor parece más tradicional pero no lo es. Ha cambiado las líneas de referencia de las claves de SOL y de FA. La tercera línea es FA para la mano izquierda y SOL para la derecha. ¡Uhmmmm! La métrica es más curiosa aún: cuatro figuras de valor tres. ¿Cuatro figuras de blanca con puntillo? La armonía de Héctor es más consonante, incluso la agrupación de las notas parece más "tradicional", pero es una armonía visual. ¡Hasta se ha tomado la licencia de anotar una blanca con corchete!

–Mira papá –me dice posando el dedo sobre el papel–, son boyas que suben y bajan con las olas, que son las rayas. Irene, su profe de piano, no nos ha pedido que la coloreemos pero voy a hacerlo.

–Si, es verdad, parecen boyas.

–Son boyas papá. ¿No ves como suben y bajan?

Y trato de tocar el vaivén del mar con todos los matices sumergidos, mirando a la superficie, con las boyas marcando el rumbo y Héctor lo aprueba.

–Muy bien papá. Gracias.

–Gracias a ti, mi amor. ¿Lo has hecho también para que aprendan los mayores?

–No. Lo escribí para ti papá.

El Paso

–¿Quedamos mañana en El Paso? –preguntó Isaías a Jesús.

–¿Mañana? –murmuró Jesús y miró al cielo, sin prisa. Isaías esperó tranquilamente mientras frotaba la arena de sus pies con una toalla–. Sí –dijo por fin–. ¿Porqué no?

El Paso era una cala entre las rocas de difícil acceso. El mar batía allá abajo furioso pero ellos lo conocían. Solían quedar allí a pescar bastante a menudo a pesar de que rara vez picaba algo. Jesús se vino a las islas a construir hoteles cuando acabó la mili. Tardó una semana en llamar a Isaías: –Vente conmigo –le dijo–, vamos a montar un negocio que te cagas, ya verás.

Isaías se cogió el primer barco que pudo y empezó en "el negocio": fundir las placas de yeso allí mismo, en lugar de importarlas. Todo iba bien. Compraron unos moldes. Vendían las placas como churros. Se follaban a las suecas casi en las narices de sus maridos. Bebían, pescaban y trabajaban lo que les apetecía. Ni más, ni menos.

Al poco tiempo contrataron a un isleño para que hiciera el trabajo él mientras ellos se dedicaban a tiempo completo a gozar la isla. De repente, sin venir a cuento, un día cualquiera, de esos que llegan sin avisar, Jesús le confesó a Isaías que estaba enamorado; que dejaba la vida alegre y se dedicaba al trabajo: al trabajo en serio. Isaías lo miró intentando recordar dónde, quién y cuándo se pudo producir ese flechazo, pero su mente siguió en blanco.

–¿No dices nada?

–¿Qué quieres que te diga?

–No sé. Algo.

–¿Es sueca?

–No, es de aquí. Se llama Juana. Tiene diecisiete años.

–¡No jodas Jesús!

–Parece mayor.

–Isaías, ¿estás ahí?

–Si, estoy aquí –contestó con preocupación del otro lado de la línea–. ¿Qué pasa?

–¿Cómo que qué pasa? ¿Es que mi niño no quiere caldo calentico?

–Oye Juana, yo no creo que debamos seguir con esto.

–¿Y por qué no?

–Te lo he dicho mil veces. Resulta que tu marido es mi mejor amigo.

–¿Y qué?

–¿Cómo que y qué? No estabas tan preocupado la primera vez que follamos.

–Vale, estaba borracho. Tú sabes que me gustas pero no está bien. ¿No se olerá algo Jesús?

–¿Qué se va a oler ese?

–Oye no hables así de mi amigo.

–¿Tu amigo? Al que te tiras a su mujer.

–Joder Juana ¿qué cojones quieres?

–Quiero follar contigo. Quiero que vengas mañana por la tarde y me des leña hasta que anochezca.

–Pero si he quedado con Jesús.

–Por eso mismo… tenemos vía libre.

–Joder Juana, yo no puedo más con esto.

–¿Es que no te gusto Isaías? Una vez me dijiste que era la que mejor te había chupado la polla nunca ¿te acuerdas?

–No lo digas así, joder. Suena fatal.

–¿Fatal?

–Si, tú imagínate que Jesús lo oiga.

–Ese no se entera de nada. A lo mejor es bueno que lo sepa.

–Por tu madre Juana. Que es mi mejor amigo.

–Pues si no te presentas se lo digo.

–Joder. Joder. Joder –siguió repitiendo Isaías para sí mismo porque tan pronto acabó la frase Juana colgó el teléfono. Tenía que ir, pero sería la última vez. Esta vez sí que lo dejaría claro.

Juana esperaba que Jesús la sacara de allí, que se la llevara a la península, pero eso no estaba en sus planes. Jesús tampoco fue capaz nunca de aclararse muy bien cómo llegó a su vida. Mucho menos de cómo en menos de dos semanas se juntaron y se instaló con él. Pero así fue. Era la mujer más joven con la que había tenido más de tres palabras. Las mayoría de las suecas eran mucho mayores, bastante mayores, bastante más viejas. Y también era una mujer dócil. Siempre hacía lo que él quería. Eso le fascinaba, le ponía. Era la única persona que jamás le puso objeción alguna a nada. Él no se atrevió a pedirle que hiciera un trío pero, aunque nunca lo supo, ni lo imaginó, Juana tampoco se habría negado. Jesús tenía sus límites. Con la mujer del prójimo valía la pena intentarlo, pero con la suya había cosas que simplemente no estaban bien.

Isaías y Jesús eran uña y carne. Tampoco Isaías podría contar cuándo específicamente empezó todo. Cuándo fue la primera vez, la primera infidelidad, la primera cabronada. Simplemente sucedió, iba a suceder. Siempre estaban juntos, siempre bebiendo, siempre hasta el límite. No sabe si fue en su casa, en la calle, en un coche. Lo que sí sabe es que siguió pasando una y otra vez. Porque Jesús decidió dejar la vida alegre y dedicarse al trabajo, pero Isaías no. Eso les distanció un poco; lo suficiente, para que la traición pareciera menos criminal. Pero no los separó del todo. Jesús le echaba de menos y cuando se aburría de ser un trabajador normal, un empresario de éxito, un emprendedor, le llamaba y se iban a pescar o a vagabundear por alguna cala.

Ya no quería ir de putas, las suecas no eran lo que eran y la isla tampoco. Los tiempos cambiaban. Solo Isaías seguía sin madurar calentando su cama de vez en cuando.

Isaías no fue a la cala. Jesús le esperó como siempre. Preparó la caña para pescar y se echó entre las piedras a esperar que picase algo. Nunca picaba nada, pero lo importante era esperar. Ser paciente. Juana abrió la puerta medio desnuda. Se había colocado. En la mesita de noche podía ver algunas rayas mal dibujadas por algún esnifado torpe.

—Me he puesto en el coño —le dijo a Isaías.

—¿Qué te has puesto?

—Qué va a ser… coca. Ven, dame tu polla que te la voy a salar un poco.

Isaías no lo podía evitar. Juana le ponía como una moto, le sacaba el animal que llevaba dentro. Él también tenía barra libre. Podía hacer con ella lo que quisiera. Juana le espolvoreó un poco de coca por la polla, lo tiró en la cama y empezó a mamársela.

—Dilo, di quién es la mejor te la chupa.

—Ya lo sabes Juana, ya lo sabes coño, lo sabes de sobra.

Juana tenía los labios entumidos, el coño entumido. Apenas era un trozo de carne hundiéndose en un hoyo de carne. Los dos gozaban como perros. Isaías le dio por el culo, le lamió como chucho hambriento, le mordió con suavidad y brusquedad, a partes iguales, los pezones. Se dejaron llevar hasta que la anestesia empezó a desvanecerse y el deseo se elevó un grado más. Terminaron corriéndose a grito limpio. Impunemente.

—¡Joder Juana! ¡Joder! ¡Joder! ¡Joder!

—¿Qué pasa? ¿Qué cojones pasa Isaías?

—¡Jesús!

—¿Qué pasa con Jesús?

—¡Que es de día Juana! Nos hemos quedado fritos.

—No jodas. ¡Ahrr! Me duele el coño. ¿Qué cojones me has hecho?

—Nada que no te haya echo antes Juana. Nada nuevo.

—¡Ahrr! ¿El culo también? Jooo. ¿Por qué corres tanto? Si no está aquí es porque no va a estar.

—¿Por qué?

—Porque siempre hace lo mismo. Cuando no viene, no viene.

—Joder Juana, no podemos seguir con esto.

—Joder, deja ya de decir lo mismo. ¿Sabes cuándo fue la última vez que follamos Isaías? —la miró perplejo pero evidentemente la pregunta no se refería a él, ni era una pregunta retórica. Puso cara de no tener ni idea–. Yo tampoco.

—Me voy, me voy a mi casa —dijo Isaías y Juana ya no tenía ganas de detenerle. Jesús no vendría a esas horas. A lo mejor ya no vuelve más. Pero… qué mas da. Ninguno de los dos la sacaría de allí.

En efecto, Jesús no apareció en toda la mañana. Isaías estaba nervioso. Lo había dejado tirado para tirarse a su mujer. Después de las tres ya no pudo más y se fue a El Paso. Siempre había sentido que aquel lugar, de alguna manera era de ellos. Jamás habían visto a nadie por allí y la carretera más cercana estaba a más de un kilómetro. El acceso no era fácil. Si no ibas directo hacia allí, era muy probable que te distrajeran otros senderos que llevaban a sitios menores, de segunda, a los que quizá no volverías nunca. Con seguridad, esa era la razón. Nunca lo supo a ciencia cierta pero, por allí, lo que dice por El Paso, jamás se tropezó con nadie.

Llegó sudoroso y se encontró, ya pegado al agua, con un policía de pie y otros dos agachados cerca de algo que parecía un cuerpo. Era él. Era Jesús. Estaba tendido desnudo encima de la roca. Debajo, una toalla se esforzaba en abandonarlo.

—¡Jooooder! —exclamó Isaías–. ¡Jooder Jesús!

—¿Qué hace usted aquí? ¿Le conoce?

–Si le conozco, es mi amigo. Mi amigo Jesús.

–¿Sabía que estaba aquí?

–Si. Quedamos aquí ayer. Siempre quedábamos aquí a pescar. Pero no vine. No vine –dijo y se desplomó de rodillas en el diente de perro. No podía más. Sentía que estaba a punto del desmayo, que estaba mareado, desorientado–¡Dios! ¡Dios, por qué has hecho esto? ¡Dios! –gritó.

–Oiga tiene que acompañarme. Tenemos que hacer nuestro trabajo y hay que levantar al occiso. Acompáñeme –casi le rogó el guardia, pero Isaías no podía levantarse.

Al final lo sacaron de allí. No parecía sospechoso, pero era lo más parecido que tenían. Lo interrogaron lo suficiente hasta que los hechos hablaron solos. Tenía los pulmones llenos de agua salada. Se desnudó porque sus pantalones estaban muy mojados; allí estaban aún, debajo de unas piedras pesadas. Se cubrió con la toalla alrededor de la cintura pero en un pequeño descuido resbaló con el musgo y el instinto le jugó una mala pasada. Al caerse, la toalla se soltó. Jesús en lugar de usar las manos para salvarse intentó cubrir sus vergüenzas. Cayó de espaldas sobre el arrecife. Se partió la columna vertebral en dos. Primero se desmayó. Luego volvió en sí. Inmóvil. Solo podía ver las nubes abandonándole al final del día. La marea subió poco a poco; lentamente al caer la tarde. Como suben las mareas en El Paso. Jesús necesitaba a Isaías, pero él estaba demasiado ocupado dentro de su mujer y la marea subió y subió y le cubrió lo suficiente para que se inundara de agua. No pudo moverse. Ni gritar. Ni protestar.

Isaías abandonó la isla. Al día siguiente cogió el primer avión con destino a la península. Juana se abandonó ella misma. Lloró sin consuelo, sin comer, y apenas sin beber, durante tres días. Después clavó su mirada en el vacío, hasta entonces. Es una especie de reloj mecánico. Nunca pudo salir de allí. Isaías no volvió nunca más por la isla, pero jamás pudo abandonarla.

Cuando cierra las ojos, cuando la noche se cierra sobre él y sale de la realidad, puede ver a Jesús ahí tirado, suplicándole con los ojos mientras unos peces pequeñitos se cuelan por su boca para morderle las entrañas.

Gente solitaria

La cantidad de gente solitaria era alarmante. Mientras el mundo se conectaba más y más, la gente se desconectaba en igual grado, como si el mundo ya no las necesitase; quizá en venganza por el daño que le proporcionaba o porque le gente misma se hizo tan estúpida que perdió su lugar en el mundo. A los hospitales llegaban a tropel y no había nada que hacer. Los que no tenían la suerte de ser admitidos cometían algún delito lo suficientemente grave para que les metiesen la cárcel. Los solitarios andaban sin rumbo, sin amigos, sin familiares, sin expectativas, sin conocimientos, ni sentimientos. De no ser porque respiraban y el corazón les latía cualquiera diría que estaban muertos o zombies, que suena más cinematográfico.

A un investigador de inteligencia artificial se le ocurrió la idea de injertar una cabeza artificial, al lado de la natural. De esa manera la cabeza injertada podría hacerle compañía (lo cual todos los psicólogos calificaban de positivo teniendo en cuenta el resultado obtenido con mascotas), podría hablarle (aunque fuera solo para darle la razón cuando no la tuviera), podría contarle cosas (aunque no fueran interesantes), podría probar las cosas antes para asegurarse que no contuvieran veneno (aunque fuera el mercurio de los peces), etc. La soledad compartida es menos soledad. Eso pensaron y decidieron llevar adelante el experimento.

El paciente G parecía un candidato ideal. Tenía una familia numerosa con la que no mantenía el menor contacto. Apenas hablaba mientras no se despegaba del televisor haciendo zapping a una velocidad insuperable. El único deporte que se le conocía era ver el fútbol encerrado en su casa (los vecinos confirmaron que gritaba ¡gol! sin mucha convicción). Ni siquiera pestañeaba durante largos e interminables minutos. Todas las novias le habían dejado en menos de un par de meses. Nunca se masturbaba. No sabía tocar ningún instrumento musical. Tenía una belleza complicada e incomprendida, etc. Era perfecto. Le preguntaron si estaría dispuesto a someterse al tratamiento y accedió. El que calla otorga. Estuvo más de cinco minutos sin cambiar la vista, ni aletear una pestaña, ni torcer levemente los labios, ni arquear las cejas. Era un consentimiento de manual. Así que le injertaron una cabeza idéntica a la suya, justo al lado izquierdo, con la suficiente flexibilidad de poder mirarse a la cara si quisiese. Lo ojos de la nueva cabeza parecían los suyos aunque detrás ocultaban una sofisticada cámara de vídeo digital 8K que grababa y transmitía durante 24 horas. La nariz también estaba muy bien conseguida, incluso podía oler (y bloquear el tufo fétido de los pedos o el mal aliento) con la ventaja que jamás tendría que soplarle los mocos. La boca era espléndidamente igual, con un ligero subido de tono rosa (era lo que se llevaba) y la lengua se movía con una naturalidad espectacular gracias a los 30 micro motores que la gobernaban. El cerebro era un sofisticado superordenador diseñado expresamente por la NASA para el proyecto, capaz de procesar varios teraflops y comunicarse en tiempo real con un aún más potente superordenador distribuido en Internet. Si tuviese cuerpo a cualquiera en la calle le costaría identificar que no se trataba de una cabeza artificial. Así que pronto todo el mundo olvidó que G había tenido alguna vez una sola cabeza. G tenía dos cabezas como tenía dos brazos y dos piernas. Nadie podía dudarlo.

Al principio las cosas fueron mucho más duras que lo planeado. La cabeza artificial era tan reservada como la cabeza natural; así que apenas se miraban o se hablaban. Los investigadores llegaron a la conclusión que se ignoraban así que introdujeron pequeños cambios en la vanidad de la cabeza artificial para facilitar la conexión. Poco a poco los esfuerzos dieron sus frutos. Al principio hablaban de cosas insignificantes como: vaya mierda de comida, que fea es esa doctora y que buena está la enfermera a la que la doctora no deja en paz, que cabrón el ingeniero calvo que no para de pajearse a pesar de lo pequeño de su pene, etc. Se podría decir que ambas cabezas se llevaban bien y que G ya no estaba solo. El experimento prometía ser un éxito y los científicos ya se estaban planteando ampliarlo a un grupo de 10 solitarios: 5 mujeres y 5 hombres; para que hubiera paridad, aunque en realidad eran muchos más los hombres solos que las mujeres. La inclusión de géneros no binarios quedó pospuesta a fases superiores del experimento.

Un día, sin embargo, todo se vino abajo. G agarró un cuchillo de cocina en el comedor y se cortó el cuello. Aún nadie se explica qué pasó. El visionado de los últimos meses con sus innumerables días, horas, minutos y segundos, no ofreció ninguna pista. No había nada ahí grabado que sugiriese la menor contradicción. El análisis forense del momento preciso de la tragedia permitió estudiar como G introdujo el cuchillo entre las dos cabezas y cortó la suya. Sin embargo no hubo unanimidad. Algunos investigadores sugirieron cierta confusión de cabezas; dicho de otro modo, quizá G quiso cortar la cabeza injertada y no la suya propia, pero la propia disposición física reflejo le condujo a error. El informe final no pudo discernir si se trataba de un asesinato, o de un suicidio. La otra cabeza se negó a emitir cualquier comentario. El miedo le paralizó, podía verse en la expresión de los ojos, aunque nunca se supo si no abrió nunca más la boca porque no quería o porque no podía.

El experimento se archivó. El estado y las empresas privadas patrocinadoras se negaron a seguir con la financiación del experimento. El caso no pudo ser resuelto y la policía sugirió dejarlo abierto. En definitiva, se trataba de una gente solitaria, entre millones de gente solitaria.

El futuro es siempre hoy

El cementerio, más que un camposanto, parecía una ciudad abandonada. Más de la mitad del terreno estaba vacía. Porque aquellos que tenían que ocuparlo aún vivían. Éstos, de vez en cuando, se acercaban los domingos por la tarde, acompañados de sus familias, a echar un vistazo a su última morada.

Haruki Murakami

Después de tres horas hablando sin parar estoy exhausto. En el coche suena *Pop Life*, de Prince y me inunda una extraña felicidad. El artista antes llamado Prince ya no es el artista antes llamado Prince. Ayer estaba vivo en algún lugar remoto de este mundo, pero hoy está muerto. «Si es cierto que el cielo está lleno de vírgenes… prepárense», he podido leer en Facebook esta mañana antes de ponerme con la charla. La sensación es extraña. Prince ya no estará más, Pop Life si; al menos mientras no borre la canción o pierda el iPod o se estropee. *Pop Life* estará, mientras esté, para hacerme sentir esta extraña felicidad que confunde a la nostalgia.

Gracias a *Pop Life* (y a otras tantas canciones que llegaron desde el "más allá") descubrí que la vida podría ser diferente. Al menos en algún lugar remoto del mundo desde donde provenía *Pop Life* la vida tenía que tener otros colores y sabores.

Esos sonidos no se mezclaban con el vapor del trópico; eran más bien un golpe de aire fresco que se desvanecía inundándome de un extraño regocijo. Un golpe que, una vez dado, no podía deshacer. No como una cinta que puedes rebobinar una y otra vez. Es una cinta que, una vez en marcha, hará que todo lo que continúe será siempre distinto a lo que había sido hasta entonces porque esa diferencia significaba mejor, no peor. Tenía ese matiz irreversible.

Matilda no entiende por qué oigo tanta música "antigua" (de los 80s). No entiende que solo la escucho con cierto retraso y que, quizá por eso, me aferro a revitalizar lo que se supone me perdí. Como si tuviera que recuperar un trozo de experiencia, pero no como espectador, sino más bien como arqueólogo. Supongo que eso es la nostalgia: la esterilidad de recuperar lo irrecuperable y de remediar lo irremediable porque simplemente la vida fue mal vivida, vivida a medias o mal entendida; es lo anacrónico de vivir un tiempo en otro. Para Matilda soy un *homeless*, que supongo es antónimo de *homeland*, un marginado en tiempo y espacio; pero lo tolera. Ella es de Madrid, vive en Madrid y superó los estadios musicales según correspondía: quemando etapas. Es una persona normal.

Cuando Marcos me contó que tenía SIDA me apresuré como siempre. –De eso no te vas a morir Marcos… de eso ya nadie se muere –solté con la boca enorme y el cerebro pequeño. Cuando no lo esperas y duele, sueles decir cosas ajenas a ti, de las que no eres responsable y quien las recibe finge escucharla, pero ni siquiera le importa. Es como si echaras agua de una jarra a un vaso que no está en su lugar así que todo se desparrama en el vacío. La incontinencia verbal suele dejar ese tipo de sed. En ese momento sentí una especie de soledad universal; no solo de mi vida sin Marcos sino de la vida de "unos" sin "otros" y de la vida de los "otros" sin mi. Me sentí como una gota de agua desparramada en el suelo.

Marcos no dijo nada. En su silencio cargaba un peso de resignación que me aplastaba en el abdomen y apenas me dejaba respirar. «Todos tenemos que morir algún día»; es un pensamiento recurrente a lo largo de cualquier existencia. El problema no es ese; es «¿cuándo?». Ahí radica la diferencia, supongo. La importancia que tiene saber o no la respuesta a esa simple pregunta. Ahora Marcos tenía una estimación, tan buena como el precio del hielo en el próximo verano y eso cambiaba todo. Después de que los médicos se lo anunciaran con optimismo, tan confundible con la compasión, más con los deseos que con los hechos, lo habría buscado en Google. Seguramente el margen estadístico había crecido considerablemente. Seguro. A la gente le encantan las malas noticias. Se regodean con los detalles como si al menos eso curase la rabia y la impotencia que provoca lo irreversible enfurecido y apurado. En mi frase «De eso no te vas a morir» solo había miedo. Era algo que desconocía. No sonó falso, pero era falso. Marcos no lo merecía. «De eso ya nadie se muere» era un exceso estadístico que Marcos fijo perdonó como un exceso de amor, como un "deseo que así sea", en lugar de "así es". Marcos, el grande.

Fue en el máster de arquitectura donde nos conocimos los tres: Marcos, Matilda y yo. Yo llegué del otro lado del charco, del otro "más allá", con una beca del Instituto de Cooperación Iberoamericano. Marcos vino desde Salamanca y Matilda… Matilda ya estaba aquí, en Madrid. Matilda me gustó desde el primer momento pero era "demasiada" para siquiera imaginar que aquello podía tener algún futuro. Yo dejaba atrás una relación de poco tiempo. –Te esperaré –me dijo en el aeropuerto como si cantase un bolero al lado de un pianista de acompañamiento, pero no era cierto. Los dos sabíamos que, a pesar de haberlo pasado bien, incluso sin irme a ninguna parte, no hubiéramos superado el próximo aniversario de la Revolución.

Faltaba química: algo tan difícil de explicar como fácil de detectar. Algo que solo pospone momentáneamente una pequeña parte, apenas perjudicial, del futuro. La soledad juega a veces esos equívocos. Es preferible estar acompañado que estar solo; a veces incluso con mala compañía. Pero lo que nos unió a Marcos, Matilda y a mí no fue el máster sino el piso que, por azar, nos tocó compartir. Debimos de leer el mismo anuncio y presentarnos simultáneamente junto al arrendatario para verlo. Debió de gustarnos por igual. Debió de gustarnos una de las tres habitaciones más que el resto y debió de darse la gracia de que ninguna era la misma. Lo cierto es que, de pronto, sin ningún plan previo, estuvimos juntos las 24 horas y no de cualquier manera, sino a gusto. Todos tenemos rarezas. Supongo que una rareza es lo que a otros les parece imposible o inaceptable, pero debe existir una gran ley oculta de los pisos compartidos por estudiantes que determine que para que la vida resulte satisfactoria la intersección entre tales rarezas debe ser cero (está prohibido compartir la misma rareza) y otra casi de sentido común: sea lo que sea que hagas, debe estar lo suficientemente lejos de tu vecino como para no molestarle. Los tres cumplimos esas dos leyes sin proponérnoslo y no solo eso sino que, de la misma manera que un día sucede a otro, y la tarde a la mañana, llegamos a sentir una comunión tan extraña como la sensación de conocernos de toda la vida, desde mucho antes del más allá. Así empezó todo.

Matilda también dejaba una relación trágica. Augusto, así se llamaba, era tan celoso que consiguió secar el poso que con gusto Matilda había llenado desde casi su infancia para él. Hasta su sombra se convirtió en sospechosa y potencial enemigo. Dicen que los teléfonos móviles se han prestado al maltrato; la verdad es que como instrumento para eso es perfecto pero lo cierto es que, como tantas otras cosas, no fue creado para eso, sino para más bien todo lo contrario.

Matilda primero se desencantó, después le odió, a continuación se asqueó pero Augusto no parecía dispuesto a dejarla. Al final, un día de esos que apenas se nota en el calendario de un pequeño taller de carreteras, él solo se quitó del medio estrellando el coche contra un árbol en medio de la nada; pero ella estaba allí, de copiloto y salvó la vida de milagro. Matilda prefirió olvidar; tanto, que hasta olvidó de qué debía olvidarse. Después del impacto el coche se incendió. Matilda solo marcó su número de móvil por última vez. Recordó que nunca debía usar el móvil en una gasolinera y allí parada, viendo toda la gasolina desparramada por el suelo, marcó su número. Dicen que no quedó rastro, pero no es verdad. Matilda olvidó tanto que muchas veces se despierta en medio de la noche gritando asustada y ahí, en sus pupilas verdes, todavía pueden verse las llamas rojas y en sus manos puedes sentir el calor del incendio.

El futuro es casi hoy. Todos de cierta manera estábamos tocados por esos flecos que cuelgan de la vida, imposibles de esconder porque no caben en ninguna parte. Marcos sufría. Todos los chicos que le gustaban solían ignorarle. Era demasiado bueno y fingía demasiado bien. Fingía que se conformaba solo con ser tu amigo. A veces llegué a preguntarme si no estaría sufriendo por mí a escondidas pero no. *A ti solo te puedo querer como un cachorrito, como alguien que me abrace sin preguntarse nada.* Yo no era su tipo. Matilda sufría. No quería saber nada de nadie que pudiera hacerle daño y no quería hacer daño a nadie más aunque echaba de menos al amor. Sentía que se perdía tantas pequeñas cosas que no cabrían en ningún baúl por grande que fuera y no quería arrastrarlo. Pesan mucho más que lo que contienen. Yo también sufría. En mi familia huérfana, la felicidad parecía una quimera. Vivíamos en un bar de copas que, en algún momento, nos obligarían a cerrar. No queríamos separarnos. No queríamos más copas. Pero el futuro es casi hoy y nada más. Mañana es solo quizá.

Después de vivir como un trío de hecho durante casi dos años Marcos, en medio de un juego de mesa, propuso que quería un hijo nuestro. Así. Cogió las cartas, las miró con cuidado y lo dijo. –Si tienen un hijo... yo seré su tío, su tío y su padrino, y viviremos como una familia hasta que nos abandone. Será precioso porque los padres lo son. Le enseñaremos bien. Es lo que le falta a esta casa.

El único detalle es que, lo que según Marcos le falta a esta casa, era solo una fantasía demasiado buena para ser verdad. Petrificado como estaba en el sillón imploré en silencio porque Matilda no me hiriese, porque de su boca no saliese nada con filo o espinas. Era demasiado absurdo como para que mereciera penosas consecuencias. Pero Matilda no dijo nada. Me miró y sonrió y metió un pie por debajo de mi manta hasta tocarme y preguntó: –¿Quieres? ¿Te apetecería que tuviéramos un hijo? –. Lo último que podía soportar era la burla. Pero eso no estaba en sus planes. Su mirada era limpia, abierta, feliz; es como si dijera: –Te he estado esperando–. Como si Marcos hubiera dado con la broma adecuada para poder llegar a ser seria o simplemente desvanecerse en risa sin dejar rastros de mal rollo. Pero no, era algo que tenía que ocurrir. –¿Ahora? –¿Por qué no? –Porque no sabía que quisieras tener un hijo conmigo. –Ahora lo sé ¿y tú? –Yo no, quiero decir, yo también, al menos lo he soñado, eso creo–. Pero en realidad daba lo mismo. Los dos sabíamos cuáles serían las palabras adecuadas aunque no las dijéramos.

Marcos había desaparecido. Mucho antes de coger las cartas, mirarlas con cuidado y pedir su deseo. Justo en ese momento, ni antes, ni después, el futuro se hizo. Encargamos el hijo. Nos mudamos a la habitación de Marcos, que era la más grande, él se fue a la más cercana a la cocina y la otra la preparamos para "el futuro". A veces uno piensa que la felicidad es otra cosa. Espera que ocurra y resulta que cuando llega no guarda ninguna relación con cualquier predicción.

Si lo bueno fuera predecible perdería toda gracia. Nuestra vida apenas cambió. Seguimos compartiendo el mismo baño, seguimos deambulando desnudos por la casa de cuando en cuando, seguimos unidos por un cordón umbilical invisible tan fuerte como flexible. Lo único que si cambió es que, naturalmente, tal y como entra un tornillo engrasado en una rosca, Matilda y yo empezamos a vivir "juntos". Y cuando digo "juntos" quiero decir que tornillo y rosca no son una única pieza sino dos piezas que juntas tienen más fuerza, que están todo lo cerca y todo lo lejos que deseen y que en realidad son bastante independientes de otras piezas. Si tuviera que definir el papel de Marcos en esta ecuación diría que fue la grasa; algo líquido y necesario.

El futuro nunca llegó. Lo intentamos todo. En todos los momentos, en todas las posiciones, en todos los lugares. Pero no hubo suerte. Algo no andaba bien y aunque fingimos no darle importancia, fue protagonizando nuestras vidas hasta que decidimos plantarle cara. El médico nos aconsejó seguir intentándolo. No había nada, absolutamente nada, que significase un problema. –A veces es así… cuesta –dijo como si hablase de algo para lo que habría que ahorrar trabajando mucho o una carrera para la que habría que entrenarse durante años. Así terminamos la carrera y así seguimos compartiendo nuestras vidas.

Marcos se fue un insípido día de campaña navideña. Su salud se deterioraba sin remedio mientras la televisión bombardeaba sin tregua con juguetes, relojes y electrodomésticos. Su sistema fue fallando en cadena, como caen los naipes que una vez formaron un castillo. Él fingía que todo no iba a peor, pero no se puede tapar el sol con un dedo. El apartamento se convirtió en un teatro. Escenificábamos la vida de siempre mientras, en silencio, discurría el drama que Marcos, un día cualquiera, sin importancia, guillotinó.

Se tiró delante de un tren muy lejos de casa. Dejó una carta pegada con un imán en la nevera que estuvo cerrada mucho tiempo. Ni Matilde ni yo nos atrevimos a leerla porque sabíamos su contenido; al menos eso creíamos y nos resistíamos a comprobarlo. Sin Marcos nuestra vida quedó coja. Faltaba un juego de cubiertos, un plato, un tercero. Como si a una mesa le cortasen una pata y le exigiesen que siguiese cumpliendo la misma misión de mesa. Al final tuvimos que irnos. Nos mudamos a un pequeño apartamento del rastro desde donde poder recordar el antiguo.

Estuvimos mucho tiempo sin sexo. Nos abrazábamos en la oscuridad de nuestra existencia y así permanecíamos quietos, oyendo la respiración del otro: los latidos del corazón, el roce de las sábanas, el crujido de los materiales. Un día nos besamos, nos acariciamos, nos penetramos y volvió el impulso. Fue entonces cuando empezó realmente la vida sin Marcos. Matilda quedó embarazada y el pequeño frijol reordenó el nuevo mundo. Su carta decía: El futuro siempre es hoy.